Histoire d'un chat

Histoire d'un chat

Laura Agustí

Les Presses de la Cité

Traduit de l'espagnol par Vanessa Canavesi.
Publié en Espagne sous le titre original *HISTORIA DE UN GATO* par Lumen,
une marque de Penguin Random House, en 2022.
Cet ouvrage a été publié en collaboration avec l'agence Carmona Literary Agency.

Les Presses de la Cité, un département Place des Éditeurs
92, avenue de France – 75013 Paris

ISBN : 978-2-258-20708-0
Dépôt légal : octobre 2023

Pour Martina

EX-LIBRIS

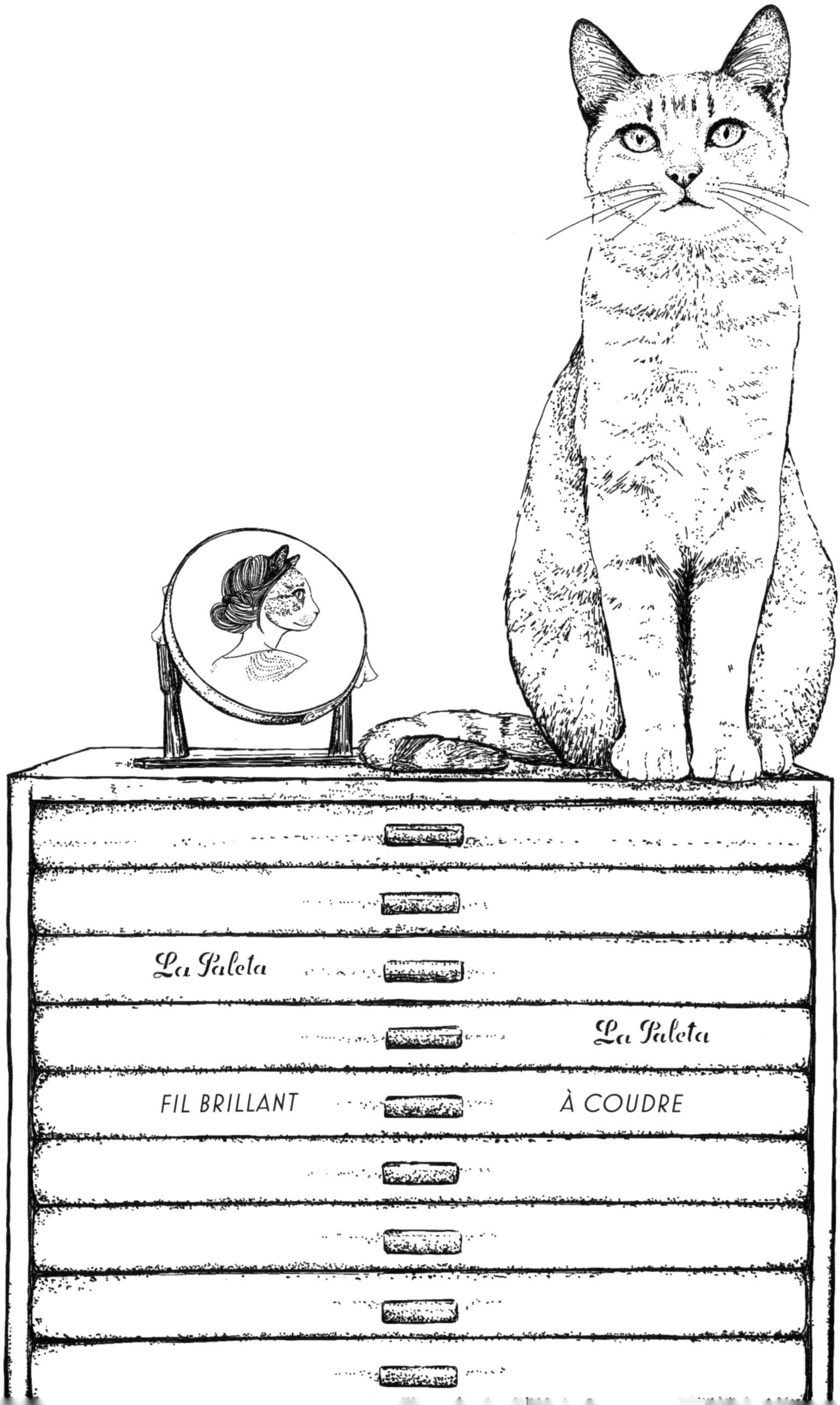
La Paleta
La Paleta
FIL BRILLANT
À COUDRE

Je n'ai jamais aimé la manie qu'ont les gens de vouloir coller une étiquette aux autres. C'est tellement réducteur. Un peu comme si soudain quelqu'un me prenait et me rangeait définitivement dans l'un de ces vieux tiroirs de la mercerie où je me rendais avec ma mère et ma sœur, le soir, en sortant de l'école. Des boutons triés selon leur forme, leur taille, leur matière. Des bobines de fil classées par couleurs, bien obéissantes – dès qu'on en prend une, la suivante vient. Aujourd'hui encore, passer mes doigts sur des enfilades de bobines et observer la multitude de choix me procurent un plaisir immense. Mais avec les gens, c'est différent. Quand quelqu'un devine que j'apprécie les animaux, la question qui revient le plus souvent est : « Tu es plutôt chien ou chat ? » Je réponds que j'aime beaucoup les chiens, mais que, du plus loin que je me souvienne, je suis une personne à chat. Les chats me passionnent, et j'en ai dessiné, photographié et peint un nombre incalculable dans ma vie.

Entre les caresses et les ronronnements, je perds la notion du temps. Je suis fascinée par l'insouciance de ces animaux, l'élégance innée de leurs mouvements, leur air souverain – tout est sous leur contrôle – et cette façon qu'ils ont d'être toujours aux aguets.

J'ai été entourée de chats toute ma vie. On peut même dire que je les ai littéralement dans la peau. Même en voyage, je ne peux m'empêcher de les chercher partout. D'ailleurs, c'est comme si j'avais un radar interne, car, où que je pose les yeux, j'en trouve un : assis sur le rebord d'une fenêtre, perché sur un toit, en train de se frotter contre un mur en pierre chauffé par le soleil, de se lécher les pattes sous une voiture ou de régner sur le monde… Je suis sûre qu'ils me cherchent, eux aussi – du moins, j'ai envie de le croire. Nous autres qui aimons tant les animaux, nous savons déceler la beauté dans chacun d'eux, et nous ne pourrions vivre sans eux.

La maison de mes grands-parents,
en bordure du village.

Valdealgorfa

Comarque :	Bas-Aragon
Province :	Teruel
Altitude :	510 m
Superficie :	46,75 km^2
Population :	685 habitants
Densité :	14,56 hab/km^2
Localisation :	40º 59’ 27” N – 0° 02’ 07” O 40.990833 – 0,0351437

Le chemin pour aller prendre le bus qui nous emmenait jusqu’à l’école privée catholique d’Alcañiz. En hiver, il y avait toujours un vent glacial.

J'ai grandi à Valdealgorfa, un petit village de la province de Teruel, avec ma sœur Marina, de deux ans ma cadette, et ma mère Fina. Nous habitions chez ses parents, Carmen et Mariano, dans une vieille maison aux épais murs de pierre et aux poutres sombres, où le feu crépitait et où le plancher craquait à longueur de temps. Cette maison a toujours été pleine de vie. Son histoire est aussi celle des nombreux animaux qui y ont vécu. Une ou deux fois par mois, notre voisine Pascuala apportait des lapins qui avaient toujours la fâcheuse habitude de se volatiliser. C'est-à-dire que mon grand-père passait par là entre-temps et qu'ils finissaient à la casserole… Ma sœur et moi avons mis des années à faire le lien entre la mystérieuse disparition de nos compagnons de jeu et ce qu'on mettait dans notre assiette.

Dans mon précédent livre, j'en ai d'ailleurs donné la recette.

Un jour, alors qu'il réparait un toit, mon grand-père a trouvé une famille de hérissons. Nous l'avons bien sûr adoptée ! Une autre fois, c'est un voisin qui est venu avec une énorme tortue. Elle a passé la journée dans notre baignoire, entourée de feuilles de laitue, avant d'être remise dans son étang. En tout, six perruches ont vécu chez nous, toutes libérées par Marina, qui ne supportait pas de les voir en cage. Ma sœur a hérité de notre mère son horreur des animaux enfermés, et elle relâchait toujours ceux qu'on lui offrait, quelle que soit leur espèce. À notre grand regret, nous n'avons jamais eu de hamsters, car ma grand-mère avait une peur panique des rongeurs ; en revanche, nous avons élevé quantité de vers à soie et n'avons pas dérogé à la récolte estivale de feuilles de mûrier pour les nourrir. Personnellement, je les trouvais immondes, contrairement à Marina qui les chérissait au point de jouer avec eux en les mettant sur ses bras.

Un cadran solaire fait par mon grand-père.
Le balcon depuis lequel nous parlions avec notre amie Rachel.
Un trou noir d'où s'échappait un courant d'air froid.
Cette rue a été notre première ardoise. Nous y dessinions les plans de maisons imaginaires, des circuits de vélo, des zones pour sauter à la corde...

Cet escalier était le monde où nous nous amusions avec nos poupées.
Mais également celui où nous jouions à la dînette.

Quand nous avons emménagé au village, j'avais 7 ans. Après le divorce compliqué de nos parents, la maison de Carmen et Mariano représenta pour ma sœur et moi un refuge chaleureux et sécurisant dans un monde d'adultes que nous ne comprenions pas.

Là-bas, il y avait aussi Lobito, « Petit Loup », un chien de berger au poil long et foncé avec des touches cuivrées. Il s'était invité chez ma tante Lourdes, mais celle-ci ayant déjà une chienne, mes grands-parents l'avaient récupéré. Lobito était affectueux et protecteur. Il nous accompagnait tous les matins à l'arrêt de bus d'où nous partions pour l'école. Il a toujours pris bien soin de nous.

Ma grand-mère lui préparait une sorte de pot-au-feu auquel elle ajoutait les restes de nos repas. Si, par mégarde, un petit pois venait à s'y glisser, le chien était capable de tout manger sans toucher à la petite boule verte. Lobito avait un palais très fin, mais aussi des manières !

Nous passions des heures à le caresser et à le peigner avec les brosses miniatures de nos poupées. Nous le pomponnions, nous lui mettions des petits nœuds sur la queue, puis nous nous lancions tous les trois dans des aventures champêtres. Les adultes ne craignaient pas de lui confier notre garde, et à vrai dire il a été une vraie nounou.

Le chien de berger « de Chira »
est un chien originaire du Haut-Aragon.
En aragonais, son nom signifie
« chien qui fait tourner le troupeau ».

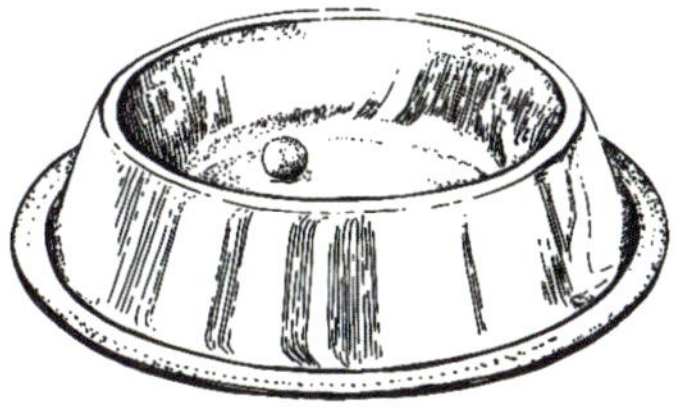

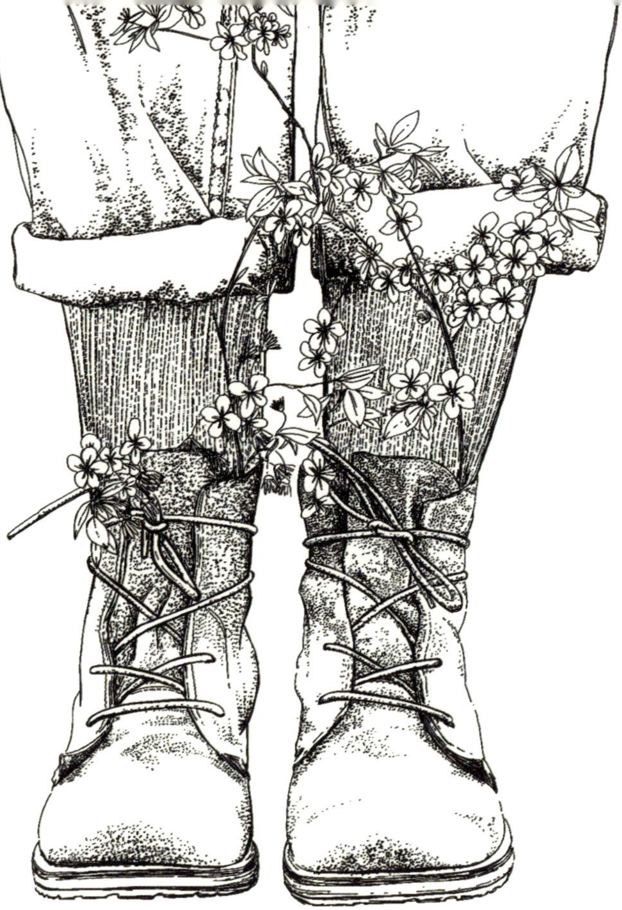

Une année, pour Noël, on nous a offert une encyclopédie sur les animaux. Ce livre nous captivait tellement que nous passions des heures à contempler ses illustrations dans les moindres détails. Marina, dotée d'une mémoire prodigieuse, retenait des informations auxquelles je ne prêtais pas attention, puis les mettait en pratique lors de ses expéditions à travers la campagne. Elle adorait observer les petites bêtes, les analyser, les classifier. Il m'arrivait de l'accompagner, mais nous finissions en général par nous disputer. Il faut dire qu'elle m'emmenait sur des sentiers sauvages, pleins de ronces et de plantes coriaces qui s'accrochaient à mes chaussettes, mais aussi d'insectes qui me piquaient les jambes. Marina avait une vraie passion pour les raccourcis à travers champs !

Nous étions toujours d'accord, en revanche, quand il s'agissait d'attraper des cloportes. Nous les regardions se rouler en boule. Nous capturions aussi des mouches dans des petites boîtes de pellicules photo, avant de les secouer pour les étourdir. Sans oublier les escargots, à qui nous touchions les yeux – même si, ensuite, nous faisions moins les malignes lorsque notre mamie les cuisinait « avec beaucoup d'amour et de fenouil ». Nous étions dégoûtées et elle, vexée. Quoi de plus normal pour une personne qui avait grandi juste après la guerre civile espagnole… À cette époque, la faim passait avant le souci des animaux. Voilà tout.

«Aïe, ma fille, ne sois pas sisampa* ! Et ne va pas te plaindre au village, on se moquerait de toi. Ces escargots ont le goût des fines herbes et du jambon. Avec une bonne sauce, tout passe !»

Mais, quand bien même elle raffolait des escargots, elle avait fini par comprendre notre réticence.

*«Sisampa» était son insulte préférée. Je n'ai jamais vraiment saisi ce que ça voulait dire.

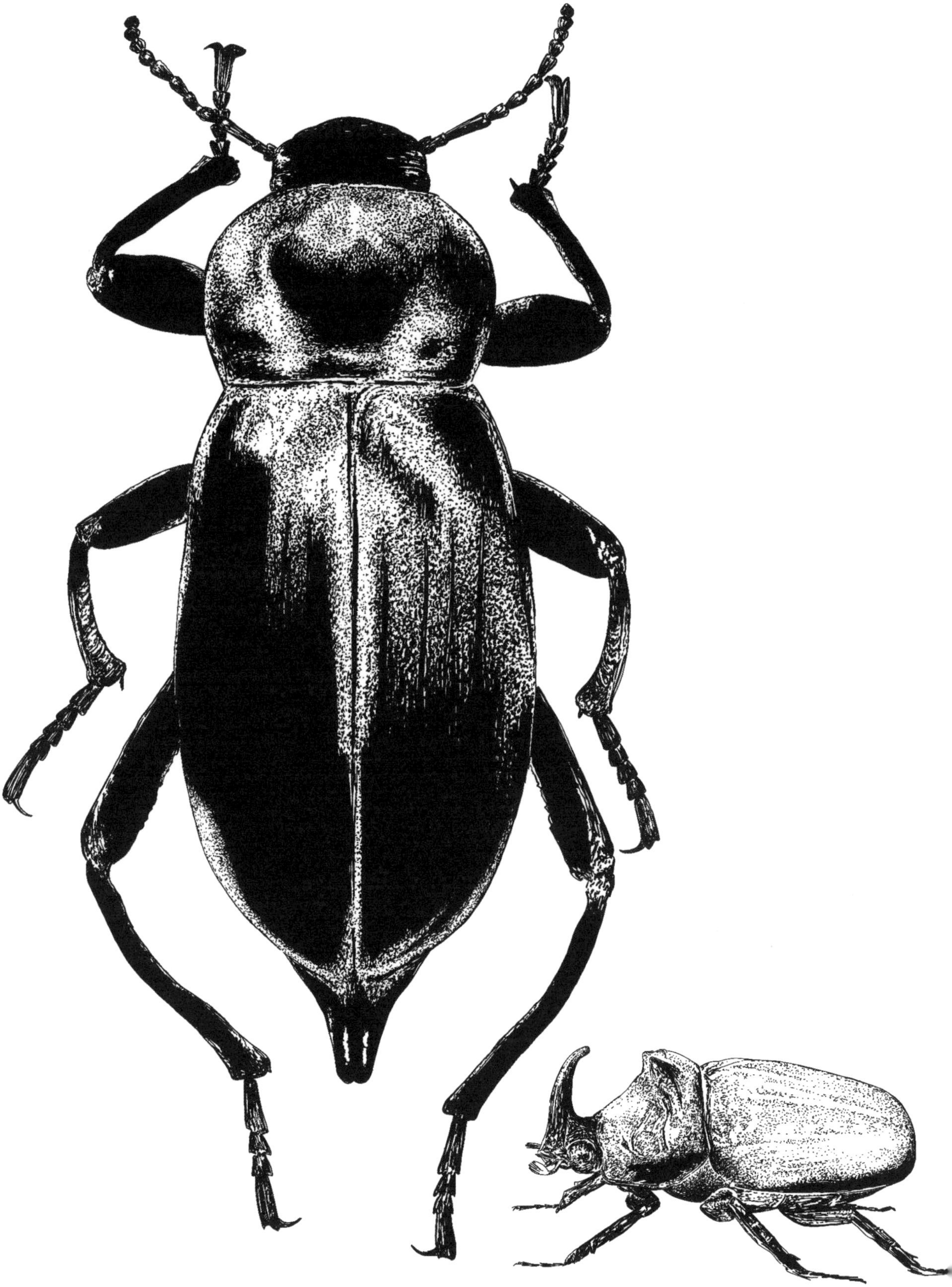

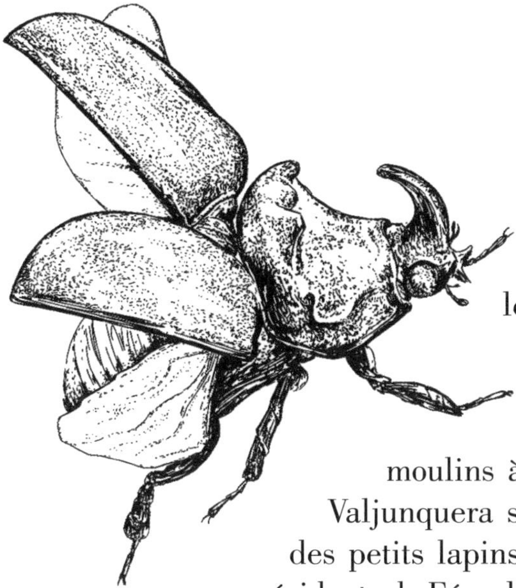

Dans le Bas-Aragon, comme dans bien des régions rurales d'Espagne, le gentilé officiel est souvent remplacé par un sobriquet tiré de légendes ou de mœurs ancestrales : les habitants d'Alcañiz sont ainsi appelés *semoletes*, « semouliers », car jadis il y avait de nombreux moulins à semoule dans la région ; ceux de Valjunquera sont surnommés *cachapos*, du nom des petits lapins de montagne qui y vivent ; quant aux résidents de Fórnoles, on parle de *mussols*, en référence aux hiboux qui se sont installés dans les environs.

Dans mon village, il y a tant de scarabées que les gens de là-bas, les *valdealgorfanos*, sont des *escarbachos*, « scarabées » en aragonais. La variété la plus commune, celle de couleur noire, vit à son aise dans les caves des maisons. Mais nous avons connu plus d'une fois des invasions estivales d'un coléoptère d'un autre type, le scarabée rhinocéros, qui devient fou quand il voit la lumière d'un réverbère. Dans les champs d'oliviers rôdait aussi le *Berberomeloe majalis*, un mélange de scarabée et de ver aux rayures rouges effrayantes, pourtant totalement inoffensif.

Notre village était entouré d'oliviers et d'amandiers. Chaque année, en février, quand la bise venait secouer les arbres en fleurs, les rues se paraient de confettis comme pour une fête d'anniversaire. Je me souviens de ce parfum de miel qui émanait des pétales. Fin mars, le ciel se remplissait d'hirondelles, de martinets et de passereaux. Nous trouvions des dizaines de nids sous les avant-toits des maisons. Mais savez-vous que tous les oiseaux ne nichent pas ? On dit que le martinet noir dort suspendu entre les nuages, à plusieurs centaines de mètres d'altitude !

Toute l'année, c'étaient surtout les moineaux, les élégants chardonnerets, les étourneaux et les rousserolles verderolles qui occupaient le ciel de notre bourgade. En été, au milieu des amandiers, nous avions le plaisir d'apercevoir le plumage turquoise des rolliers et le jaune des loriots, qui me plaisaient particulièrement car ils viennent toujours en couple.

Mais, de tous les oiseaux, celui que je chéris le plus est la pie. Comme ma grand-mère Carmen ! Enfant, elle en avait adopté une qu'elle avait appelée Pepa. L'oiseau avait l'habitude de manger près des chiens… jusqu'au jour où ils en ont fait leur dîner. Ma grand-mère était de ces personnes qui adorent raconter les mêmes histoires mille fois, et celle de Pepa était l'une de ses préférées. Je l'ai tant entendue, sans jamais me lasser, et je l'ai tant aimée, cette histoire de Pepa, qu'il y a quelques années je me suis fait tatouer une pie sur le bras droit.

Quand ma mère et ma tante Lourdes étaient petites, mes grands-parents avaient également adopté une perruche à la robe jaune et vert baptisée Cachito, « Petit morceau ». Patiemment, ils lui avaient appris à répéter « Je suis le beau Cachito » tout en donnant des coups de bec à son reflet dans le miroir. Ses mots favoris : *mamotreto* (balourd), *mequetrefe* (bon à rien) et *mamarracho* (imbécile). Encore un animal pour lequel j'ai fini par ressentir de la tendresse, sans l'avoir jamais vu !

Notre grand-mère Carmen nous parlait avec beaucoup d'affection du chien de son enfance, un saint-bernard prénommé León, « Lion ». Dans mon imagination, ce chien ressemblait au personnage du lion peureux du *Magicien d'Oz*, ruban rouge inclus. Mon arrière-grand-père, un charretier qui allait de village en village, l'avait trouvé à Valdeltormo. Il lui avait donné un bout de pain et ils ne s'étaient plus jamais quittés. Mon grand-père, Mariano, avait lui aussi une histoire avec un chien. Il affichait toujours un sourire espiègle en évoquant ce chihuahua nain qui était si petit qu'il pouvait, disait-il, l'emmener dans la poche de sa chemise lorsqu'il partait en promenade.

Dans la chambre que je partageais avec ma sœur, un mur était entièrement couvert d'étagères. On y trouvait des livres que ma mère avait lus quand elle était petite : une collection d'*Astérix et Obélix* qui s'est agrandie au fil du temps, les classiques espagnols *Mortadel et Filémon*, *Zipi et Zape*, et *Mafalda*, bien sûr. Notre bibliothèque contenait aussi des encyclopédies en tout genre sur les animaux, la géographie, la nature, sans oublier des dictionnaires de synonymes et d'antonymes de tous les formats. Je me rappelle un album qui me plaisait beaucoup : il racontait l'histoire d'un chat gris qui vivait dans un arbre devant une maison. Un jour de tempête, le chat avait l'intuition que l'arbre allait tomber sur la maison et courait avertir la famille qui y habitait. Saine et sauve, celle-ci l'adoptait et ils vivaient heureux.

Dans la province de Teruel, les hivers étaient longs et très froids, et cette bibliothèque est devenue notre refuge. Nous nous évadions en lisant et en dessinant. Mes souvenirs d'enfance me ramènent presque tous à ce lieu peuplé d'animaux tout droit sortis des *Bisounours*, des *Petits Malins*, du *Tour du monde en quatre-vingts jours*, de *Mon petit poney* et de *Heidi*.

Nº25 - 458 PTAS.
MORTADELO Y FILEMÓN
OLÉ!
EL CASO DEL CALCETÍN
PERO, MORTADELO.. ¿ESTA SEGURO DE QUE ESE PERRO ES APTO PARA SEGUIR UNA PISTA POR LAS MONTAÑAS?
Nº 136
150 ptas.
ZIPI Y ZAPE
A MIS BRAZOS QUERIDOS ZIPI Y ZAPE. ACABO DE OIR HABLAR MUY MAL DE VOSOTROS.
ALEGRE SU VIDA CON ZIPI y ZAPE
mafalda
INEDITA
QUINO
LOS MEJORES CUENTOS DE HEIDI
1
EDICION ENCUADERNADA

Crayons, peinture, feutres, pâte à modeler, ciseaux, tissus, laine, fils, cartons et bouts de bois : voilà comment nous occupions ces interminables hivers. Notre mère, qui a tout de suite décelé notre goût pour le dessin et nos dispositions pour les arts plastiques, nous a beaucoup encouragées. C'est certainement grâce à elle si, plus tard, Marina et moi avons toutes deux suivi une formation artistique. Nous avons appris à dessiner grâce à la méthode d'Emilio Freixas et avons eu la chance d'avoir ses fameuses planches de la série rouge comme professeurs particuliers, dans un endroit où rien de tel n'existait. Cette jolie vache est le premier dessin dont je me suis sentie réellement fière.

L'été, c'était très différent : le village se remplissait et nous retrouvions nos amies de la ville. Nous passions notre temps à la piscine (notre activité de prédilection), à regarder des feuilletons à la télé, à partager des sachets de graines de tournesol, à manger les mythiques glaces Frigopie et à nous promener dans les douces nuits du mois d'août.

J'adorais dessiner les yeux des femmes. Encore aujourd'hui, quand je dessine des visages, je commence toujours par le regard.

C'est à cette époque qu'est né mon amour pour les chats. Tout d'abord pour Chui, un chat blanc à taches noires donné par une voisine. Marina et moi étions allées le choisir dans sa ferme, en dehors du village. Il nous a tapé dans l'œil car c'était le seul à posséder ce pelage de « chat-vache », comme disait ma sœur. Chui a vécu avec nous de nombreuses années. C'était le roi du garage. Parce que, chez nos grands-parents, les animaux ne mettaient pas les pattes dans la maison, sauf quand nous nous montrions vraiment insistantes. Avec sa grosse voix, les sourcils froncés, notre grand-mère répétait :

« Les animaux avec les animaux, et les humains avec les humains ! »

Ces mots résonnent en moi avec une certaine ironie chaque fois que je dessine un humain à tête d'animal ou un animal à tête d'humain. C'est un petit jeu auquel je m'adonne depuis toujours : trouver des traits de bêtes chez les gens.

Parmi nos peluches, il y avait un chat au pelage noir. Un jour, alors que ma mère changeait les draps, elle l'a fait tomber par mégarde. Et il est resté là, tapi dans un coin de la chambre, jusqu'à ce que ma grand-mère, quelques jours plus tard, vienne passer la serpillière sous le lit et croie voir… une souris ! Le soir même, Chui a été accueilli à l'étage avec tous les honneurs.

Mes grands-parents dormaient dans l'autre partie de la maison, qui donnait sur la rue principale.
La cuisine
La chambre de ma mère
La chambre de ma sœur et moi
La salle de bains, un atelier et la terrasse couverte
L'appartement de ma tante Lourdes
L'atelier de mon grand-père
Aucune voiture ne passait jamais dans cette rue ; nous pouvions y jouer sans crainte.
La maison de Pascuala, notre voisine

Après ça, les chats sont devenus ma passion. J'adorais les caresser, les enlacer et les couvrir de baisers. Une fois, j'ai même attrapé la teigne à force de câliner un chat errant. Mais il était si affectueux ! Résultat : j'ai eu des démangeaisons terribles autour de la bouche et ma peau s'est mise à desquamer. À la maison, on m'a passé un sacré savon ! C'est comme ça que j'ai compris que les animaux des rues pouvaient être porteurs de maladies.

À 16 ans, je suis partie suivre une filière artistique dans un lycée de Teruel. Pour la première fois, j'ai dû quitter tous les animaux de la maison, et j'ai découvert la vie en ville.

Ces années de lycée, puis celles d'université, à Altea, ont été les seules de ma vie où je n'ai pas vécu avec des chats. Pourquoi ? Parce qu'en Espagne les propriétaires peuvent interdire à leurs locataires d'avoir des animaux de compagnie. En cinq ans, j'ai occupé cinq appartements différents, et tous étaient régis par la maudite clause numéro 7 : « En vertu de la loi sur les locations urbaines, le propriétaire interdit expressément au locataire la détention d'un animal domestique, de quelque type que ce soit, dans le logement loué. Le non-respect de cette clause entraînera la résiliation du contrat de bail, eu égard à ce qui est établi dans l'article 27.1. »

C'est comme ça que j'ai dû passer cinq ans à mendier des caresses et à nourrir tous les matous que je croisais. À ce moment-là, j'ai pris une grande décision : à la fin de mes études, quand j'aurais changé de ville, plus rien ne m'empêcherait de vivre avec des chats !

L'interdit de la clause numéro 7 a réveillé en moi le besoin de chercher des félins dans toutes les œuvres d'art et dans tous les tableaux que j'ai découverts au cours de mes études d'histoire de l'art. Et ils étaient nombreux… Car les chats inspirent et séduisent les artistes des quatre coins du monde depuis des siècles, à commencer par ceux de l'Égypte antique, où ils étaient sacrés et considérés comme des incarnations divines. De nos jours, nous sommes encore nombreux, nous, humbles humains, à les vénérer comme tels.

Personne n'a autant représenté les félins que la civilisation égyptienne. On en trouve la trace sur des tombes, des sarcophages, des reliefs, des papyrus et des objets décoratifs. En revanche, en Grèce antique, les chats domestiques étaient pratiquement absents de la vie quotidienne et de l'art. Certes, les Grecs associaient la déesse Artémis à la déesse égyptienne Bastet et, par conséquent, aux chats (le poète Ovide raconte d'ailleurs, dans *Les Métamorphoses*, que lorsque les dieux durent fuir en Égypte et adopter des formes animales, la déesse Diane, équivalent romain d'Artémis, se transforma en chatte). Cependant, en avoir un à la maison était exceptionnel, comme posséder, aujourd'hui, une panthère !

Il en fut ainsi jusqu'à la moitié du Ve siècle av. J.-C. Deux pièces de monnaie de l'époque montrent Iokastos et Phalanthos, les fondateurs des cités grecques Rhêgion et Tarente, jouant avec leurs chats. À Athènes, un relief sculpté sur un monument aux morts représente le défunt en compagnie d'un oiseau, d'un autre humain et d'un chat. Chez les Romains, ces animaux étaient déjà légion. Dans la maison du Faune, à Pompéi, on a ainsi retrouvé une mosaïque intacte représentant un chat tigré qui attaque une perdrix. En outre, dans le folklore romain, on raconte qu'une chatte aurait mis bas à Bethléem en même temps que Jésus venait au monde !

En Chine, le chat, admiré pour ses qualités de chasseur (et pour son rôle dans la lutte contre les nuisibles), est un animal de compagnie depuis des milliers d'années. Coqueluche des peintres et des calligraphes en raison de sa silhouette duveteuse et de ses contours arrondis, il apparaît généralement en train de traquer de petits animaux, d'explorer son territoire, ou de se lover pour sa sieste. Tout comme les peintures chinoises, les xylographies japonaises, ou *ukiyo-e* (« images du monde flottant »), sont peuplées de matous représentés dans un environnement domestique, mais aussi de félins habillés comme des humains ou se comportant comme tel.

Le Japon est l'un des pays où le chat est le plus vénéré. Son image elle-même porte bonheur. La légende dit qu'un jour un chat secoua sa patte devant un seigneur japonais. Intrigué, celui-ci s'approcha… L'instant d'après, la foudre s'abattit à l'endroit où l'homme se tenait auparavant. L'animal venait de lui sauver la vie ! Le *maneki-neko*, cette figurine de chat bien rond qui agite la patte gauche, est monnaie courante dans les commerces japonais. Avec cette patte levée, le félin invite les clients ; en d'autres termes, il attire la fortune !

L'une des histoires les plus célèbres de la tradition musulmane parle d'une chatte, Muezza, que le prophète Mahomet chérissait. Un matin, réveillé par l'appel à la prière, il alla chercher sa tunique et trouva la chatte endormie sur l'une des manches. Plutôt que de la déranger, il préféra découper un morceau de son vêtement et laisser Muezza dormir ! Elle l'aurait alors remercié par une révérence et Mahomet aurait accordé aux chats le don de toujours retomber sur leurs pattes…

Au début du Moyen Âge, l'Empire byzantin reliait parfois la Vierge Marie au chat, comme les Grecs l'avaient fait avec la déesse Artémis. L'animal s'invita alors dans les icônes de l'Annonciation et de la sainte Famille. Cependant, dans l'Occident médiéval, on associa aussi rapidement les chats, tout comme certaines femmes, au diable – une peur qui, semble-t-il, n'a pas totalement disparu…

En Russie, les chats portent bonheur depuis des siècles. Ce sont les seuls animaux autorisés à entrer dans les églises orthodoxes et ils font partie intégrante de l'iconographie religieuse. Ils sont également les hôtes les plus gâtés du musée de l'Ermitage, à Saint-Pétersbourg. Là, parmi plus de trois millions de tableaux – dont des chefs-d'œuvre de Velázquez, Rubens, Gauguin, Léonard de Vinci, Rembrandt ou Picasso – résident près de 70 chats descendant de ceux de l'impératrice Catherine II. En 1764, elle introduisit des chats au palais pour mettre fin à une invasion de rats. Depuis lors, ni la révolution de 1917, ni le communisme, ni la chute du Mur et la dissolution de l'URSS ne les ont affectés. Les chats de l'Ermitage vivent à leur aise et, dit-on, sont plus populaires que les plus célèbres des peintres.

Léonard de Vinci (1452-1519), à qui l'on attribue la phrase « Même le plus petit des félins, le chat, est un chef-d'œuvre », fut l'un de leurs premiers grands admirateurs. Ses croquis animaliers lui ont permis d'analyser l'expression physique de leurs émotions, comme on le voit dans son *Étude du mouvement des chats* (1513), comportant une vingtaine de dessins de chats… et un dragon.

Dans la gravure *Adam et Ève* (1504), Albrecht Dürer (1471-1528), un peintre allemand de la Renaissance, entoure ses personnages de bêtes. Chacune représente un tempérament de l'être humain qui sera libéré après le péché originel : le chat est associé à la cruauté, le lapin à la sensualité, l'orignal à la mélancolie, le bœuf à la léthargie…

Le peintre hollandais Jérôme Bosch (vers 1450-1516) a lui aussi peint Adam et Ève accompagnés d'un matou dans *Le Jardin des délices* (1503-1504). Sans compter les oiseaux, qui sont partout, le chat est l'unique animal présent dans les trois parties du tableau. Dans la première, *Le Paradis, la création d'Ève, sa présentation à Adam et leur union*, un chat se promène, insouciant, une proie dans la bouche, aussi innocent que l'homme et la femme avant le péché originel. Dans *L'Humanité avant le déluge*, un chat plus stylisé et charnel mène sur son dos un groupe de femmes et d'hommes nus vers la perdition. Enfin, dans *L'Enfer*, il a une allure diabolique et fait ce qu'il sait faire de mieux : du bruit ! Même si, au lieu de miauler, il tape sur un tambour.

Dans l'*Annonciation* (1528) du peintre vénitien Lorenzo Lotto (1480-1556), conservée dans la petite ville de Recanati, l'archange Gabriel apparaît à Marie. Au centre du tableau, un chat au poil bouclé feule et prend la fuite. Sans renoncer à l'orthodoxie des symboles, tout porte à croire que, dans cette version de Lotto, le chat est le véritable protagoniste de la scène.

Les chats se promènent également dans de nombreux tableaux d'une autre artiste flamande, Clara Peeters (1594-apr. 1657), l'une des premières à avoir peint des aliments, des végétaux et des animaux (un genre que l'on connaît, à partir du XVIIIe siècle, sous le nom de « nature morte »).

Pieter Brueghel l'Ancien (1525/1530-1569), dans *Les Proverbes flamands* (1559), réalise quelque chose de semblable à Bosch. Il illustre une centaine d'expressions populaires évoquant des comportements absurdes, ridicules ou imparfaits de son époque. L'une de ses images fait référence à ceux qui tentent « d'attacher le grelot au chat », c'est-à-dire de faire quelque chose de très difficile, voire de dangereux.

À l'époque baroque, dans le tableau *La Famille d'El Greco* (1605 environ), attribué au fils de l'artiste, Jorge Manuel Theotocopoli (1578-1631), le chat est reconnu comme un membre à part entière du foyer.

En 1657, Diego Velázquez (1599-1660) a représenté un chat au centre d'un de ses plus célèbres tableaux, *La Légende d'Arachné* (plus connu sous le nom *Les Fileuses*). Cinq fileuses travaillent dans la pénombre. L'une d'entre elles, qui semble plus âgée que les autres, a la tête couverte d'un voile ; à ses pieds, un matou tigré se repose sans se préoccuper de l'activité environnante. Il s'agit d'un animal domestique, mais c'est aussi une présence inquiétante.

Au XVIIIe siècle, le chat fait partie de la vie quotidienne et est intégré au foyer. On le voit dans l'œuvre de Goya (1746-1828) : il est le protagoniste indiscutable du *Chat harcelé* (1788), dans lequel deux hommes et un chien essaient de le faire descendre d'un arbre, et de *Combat de chats* (1786), un tableau qui ne représente que des animaux – fait rare à cette époque. Il apparaît également tantôt perplexe, observateur en retrait dans la gravure *Le Sommeil de la raison engendre des monstres* (1799), tantôt prêt à passer à l'action dans *Don Manuel Osorio Manrique de Zúñiga, enfant* (1788), toile dans laquelle le benjamin du comte d'Altamira, le regard perdu dans le vague, joue avec une pie sous l'œil attentif de trois chats.

Au XIXe siècle, le chat occupe le centre de la scène. En Angleterre, Frank Paton (1855-1909), peintre par excellence des animaux de compagnie de la nouvelle bourgeoisie industrielle et commerciale, est notamment l'auteur de ce *Chat dans les bottes* (1880). En France, les impressionnistes ont été nombreux à peindre des chats, qu'on songe à Auguste Renoir (1841-1919), qui l'a fait de façon récurrente – dans *Le Garçon au chat* (1868), *Jeune fille endormie* (1880), *Mère allaitante* (1886) –, ou à Édouard Manet (1832-1883), dans sa lithographie intitulée *Le Rendez-vous des chats* (1868) dans laquelle un chat noir et un chat blanc sont seuls sur un toit. Chez Van Gogh (1853-1890), le *Jardin de Daubigny* (1890) est traversé par un chat noir, et dans tous les tableaux que Paul Gauguin (1848-1903) a peints à Tahiti, les matous cohabitent avec les femmes, les enfants, les couples, les fleurs. On retrouve le chat dans les mouvements d'avant-garde européens de la fin du siècle, ainsi que sur les affiches de la Belle Époque. Il devient une véritable icône sur celle de la *Tournée du Chat noir* (1896), du peintre suisse Théophile Alexandre Steinlen (1859-1923), ou dans les portraits d'Henri de Toulouse-Lautrec (1864-1901) de May Belfort et son inséparable animal familier.

Minou est un chat de gouttière que Pablo Picasso (1881-1973) a adopté durant sa période bleue à Montmartre. À cette époque, il ne vivait pas encore de son art. On raconte qu'il gagnait si peu qu'il a été forcé de remettre Minou à la rue, et que celui-ci est revenu avec une saucisse à partager. À partir de ce moment-là, la chance lui aurait souri. Grâce à lui, il rencontrera des artistes de cirque qui inspireront sa période rose et le début du cubisme. Sa vie s'en trouvera bouleversée. Son amour pour les chats est visible dans nombre de ses œuvres, des plus politiques, telle *Chat dévorant un oiseau* (1939) – une allégorie de la guerre civile espagnole tout juste terminée –, aux plus intimes, comme le portrait de sa femme, sobrement intitulé *Jacqueline assise avec son chat* (1964).

Paul Klee, Gustav Klimt, Amedeo Modigliani, Henri Matisse, Pierre Bonnard, Carl Kahler, Marc Chagall, Frida Kahlo : la liste des artistes modernes qui ont aimé et dessiné leur chat ou celui d'autrui dans les premières décennies du XXe siècle est interminable. Joan Miró (1893-1983) a peint au moins dix tableaux mettant en scène des félins. Le premier est certainement *Intérieur* (ou *La Fermière*, 1922), inspiré par la femme qui travaillait à la ferme familiale de Mont-roig del Camp : dans ce tableau, le chat, comme tout chat qui se respecte, est assis devant le poêle et regarde l'artiste. Cet animal sérieux n'a pas grand-chose à voir avec les deux individus qui apparaissent quelques années plus tard dans *Le Carnaval d'Arlequin* (1925), en train de jouer avec une pelote de laine. Ces quelques mots du peintre, qui souffrait à l'époque de la faim, accompagnaient l'œuvre : « L'écheveau de fil défait par les chats habillés en arlequin fumée s'entortillant et poignardant mes entrailles [...] ».

L'une des images les plus extravagantes du toujours très extravagant Salvador Dalí (1904-1989) est *Dalí Atomicus* (1948). C'est une idée du photographe Philippe Halsman (1906-1979) qui, voulant capturer le peintre en mouvement, ne trouva rien de mieux que de l'associer à un groupe de chats. D'après Halsman, il fallut 28 essais, 28 paires de bottes en caoutchouc, 28 chats et 28 plaques de gélatine pour imprimer la photo finale : « Après six heures et vingt-huit tentatives, le résultat satisfaisait enfin mon désir de perfection. Mes assistants et moi étions trempés, sales et épuisés. Seuls les chats avaient l'air parfaitement frais. »

Dans les années 1950, Andy Warhol (1928-1987) est un jeune artiste en début de carrière qui vit dans un appartement de Lexington Avenue avec sa mère et une chatte siamoise nommée Hester, cadeau de l'actrice Gloria Swanson. Avec Sam, l'autre chat de la maison, Hester aura plusieurs portées de chatons, tous baptisés Sam en l'honneur du patriarche. En 1957, quand la chatte meurt, Andy et sa mère publient conjointement une série de portraits mettant en scène les aventures de Hester au ciel. Durant les années qui suivront, Warhol, désormais très célèbre, continuera de réserver une place de choix aux chats, dans sa vie et dans son œuvre. Dans son atelier, La Factory, l'artiste en a deux, Black Lace et White Pussy. Dans les années 1970, il réalise plusieurs sérigraphies de chats et de chiens, dont celle du chat noir et blanc Broadway. À la fin de sa vie, Warhol vit seul dans un immeuble de cinq étages, entouré de chats et de chiens… Bref, un vrai *crazy cat lover* !

Le Gros Chat est une œuvre du peintre et sculpteur colombien Fernando Botero (né en 1932). L'animal s'est promené dans tout Barcelone avant de s'installer sur la Rambla, dans le quartier du Raval, où il vit au milieu des arbres, sous le soleil et les caresses. Mais il n'est pas unique en son genre ! Il existe trois autres sculptures tout aussi imposantes dans le monde : à Erevan, en Arménie, sur Park Avenue, à New York, et à Medellín. Elles pèsent toutes plus d'une tonne. Impressionnant !

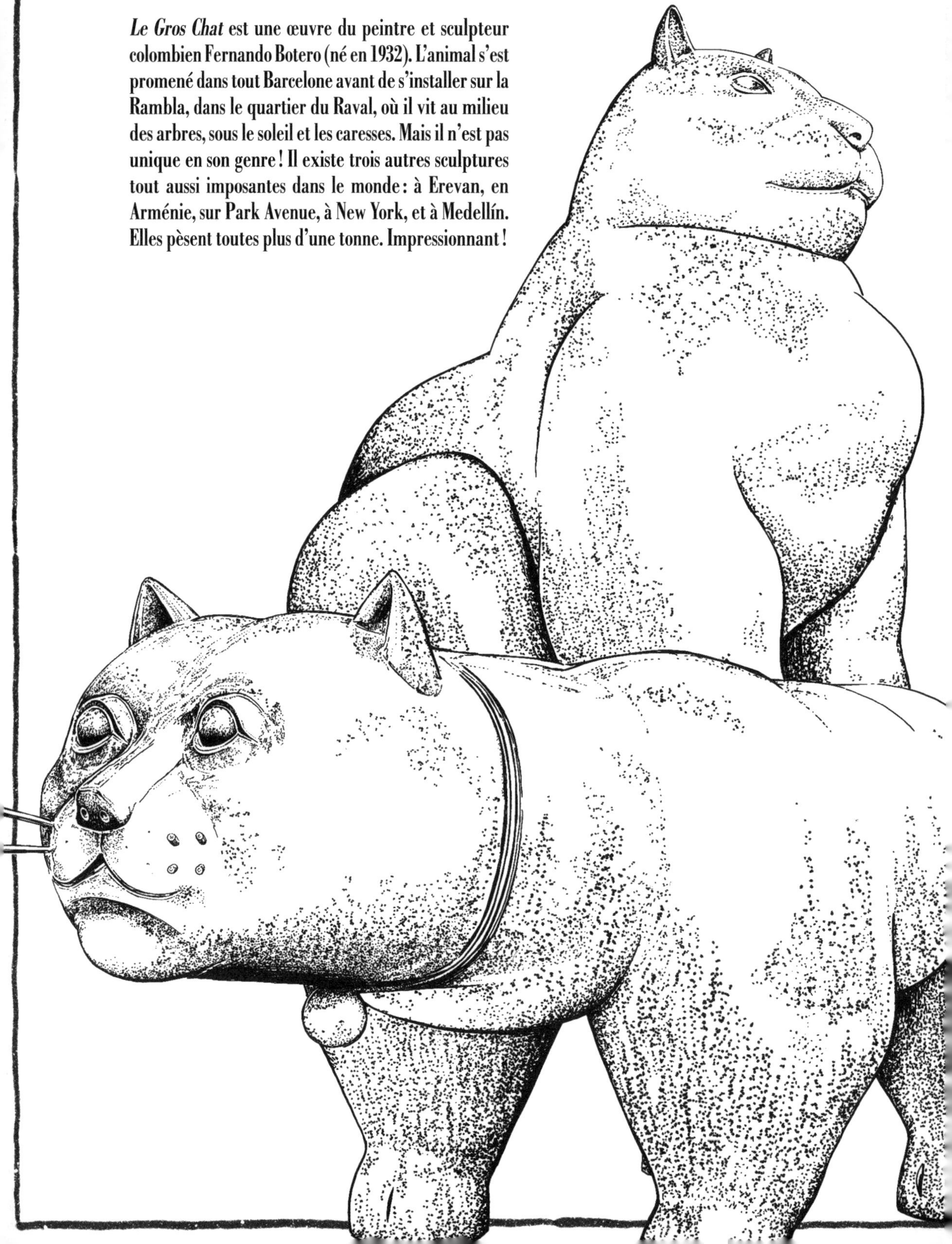

Le dessinateur Edward Gorey (1925-2000), lui, était fasciné par la plastique et l'élégance des chats. Il en fit, entre autres, des danseurs, comme dans cette version illustrée d'un grand classique de la littérature féline, *Old Possum's Book of Practical Cats (Le Guide des chats du vieil opossum)*, par le poète T. S. Eliot. Une élégance qu'il célébra inlassablement : « Les gens sont trop complaisants et sûrs d'eux-mêmes. Moi, j'ai vécu avec des chats la majeure partie de ma vie, et je sais qu'il est possible de voir et de sentir le monde autrement. »

Marina et moi avons de nouveau vécu ensemble lorsque j'ai entamé mon avant-dernière année à l'université. Et si je respectais à la lettre la clause numéro 7, ma sœur, elle, se moquait éperdument du règlement. Si bien que, après avoir traqué les chats dans l'histoire de l'art, j'ai enfin eu droit à une vraie cohabitation ! Elle s'appelait Gina, mais ce n'était pas vraiment un chat. Gina était un petit Yorkshire qui venait de perdre sa maîtresse et n'avait nulle part où aller. Pour compléter nos bourses d'études, ma sœur et moi avions un job à mi-temps l'après-midi : je dessinais des stickers pour les voitures et motos des beaufs du quartier, et je travaillais dans un bar. Marina, elle, avait le boulot de ses rêves dans une clinique vétérinaire. C'est comme ça qu'elle a adopté Gina et qu'elle est devenue une sorte d'ange gardien pour animaux. Elle est allée jusqu'à recueillir en même temps, dans l'appartement, deux chiens, trois chats, cinq tortues, des poissons et sept inséparables, qu'elle laissait en liberté dans le salon !

À 23 ans, mon diplôme en poche, j'ai emménagé à Barcelone avec Nacho, mon petit ami de l'époque. Tout de suite, adopter un chat s'est imposé comme un besoin vital. La chatte de ma tante Lourdes venait justement de donner naissance à trois chatons. J'y ai vu un signe du destin. Ils étaient tous les trois de couleur différente et, plutôt que de choisir entre le roux, le cannelle ou le blanc, j'ai opté pour celui qui avait le plus de caractère. Autrement dit : le plus fougueux. Dès qu'il nous a vus approcher, le chaton blanc a plongé ses yeux bleus dans les miens, comme s'il savait que nous allions devenir inséparables. Il était si petit qu'il tenait dans l'étui de mes lunettes ! Le fait de sentir entre mes mains une vie si fragile a éveillé en moi une tendresse infinie. J'ai compris que nous ne nous quitterions plus.

J'ai appelé le chaton Oye (« Eh ! » en espagnol), car je voulais qu'il fasse attention à moi quand je prononcerais son nom. Toutefois, je savais que ce n'était qu'un doux rêve. La plupart des chats, malgré leur ouïe surdéveloppée, ont une surdité délicieusement sélective. En somme, ils ne prêtent l'oreille qu'à ce qui les intéresse. Ils peuvent aussi bien nous entendre ouvrir une boîte de thon à l'autre bout de la maison que nous ignorer alors qu'ils se trouvent à dix centimètres de notre visage.

Oye était une minuscule boule de poils blanche aux immenses yeux d'un bleu magnifique et intense. On aurait dit que ce petit curieux avait trempé sa truffe et ses pattes dans la suie : c'étaient les seules parties sombres de son corps. Il nous a fallu du temps pour réaliser qu'il s'agissait d'un siamois.

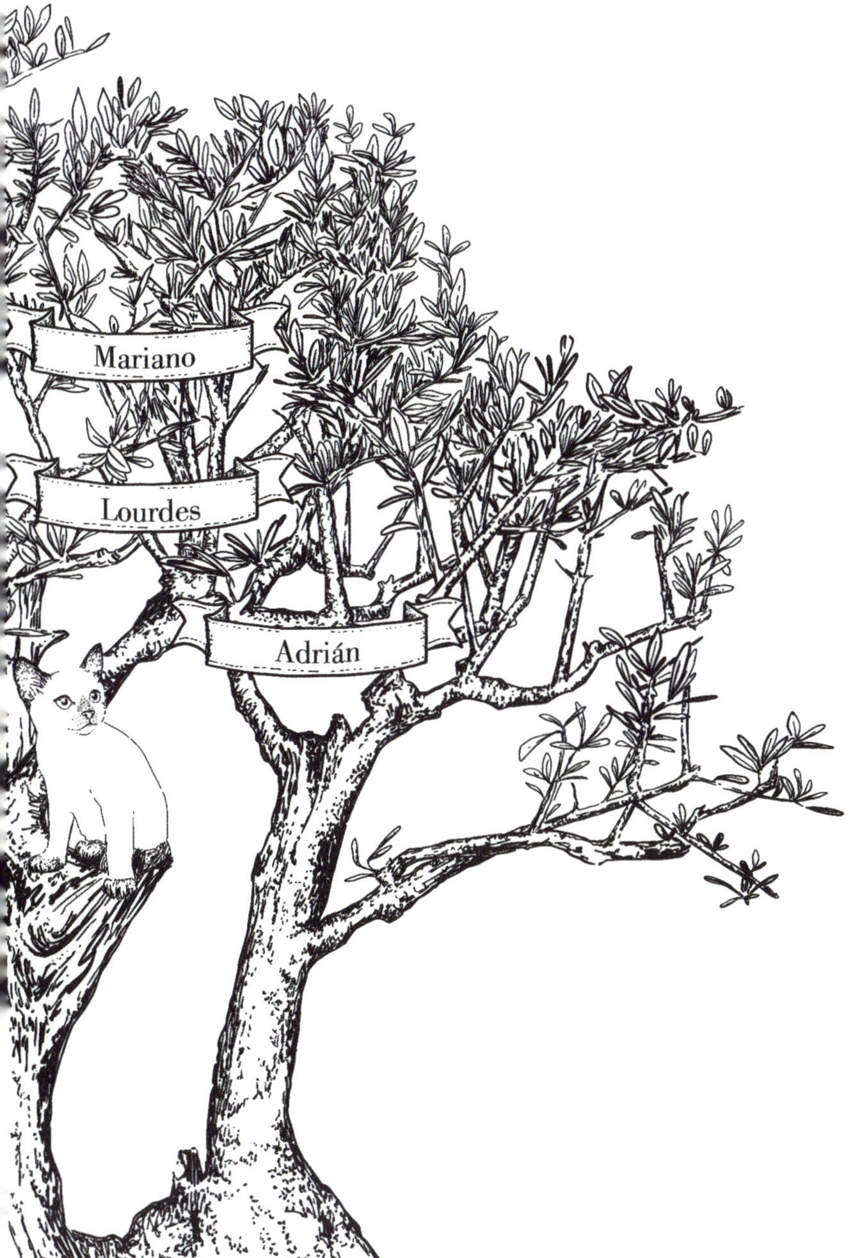

C'est drôle comme, chez le chat, les caractéristiques propres à une race peuvent sauter des générations ! Cela dit, comme chez les humains : si je partage mon grain de beauté sur la joue avec ma mère et mon arrière-grand-mère, ma grand-mère et ma sœur, elles, n'en ont pas.

Leo

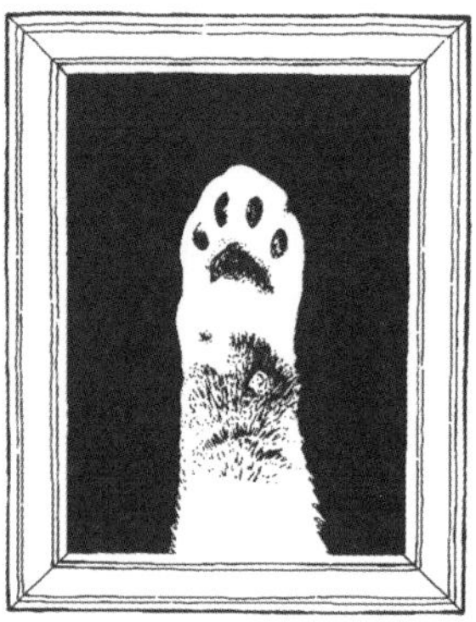

Misha

La grand-mère d'Oye était une chatte siamoise nommée Misha. C'est de là que venait le gène dont il avait hérité. Elle était aussi belle que bigleuse ; cela me faisait beaucoup rire d'entendre ma tante répéter avec insistance qu'elle y voyait parfaitement – c'est bien connu : l'amour rend aveugle ! La mère d'Oye, en revanche, était une chatte « écaille de tortue ». J'avais voulu l'adopter à sa naissance, quelques années auparavant, mais la maudite clause 7 m'en avait empêchée. Ma tante Lourdes avait fini par l'appeler Laurita en référence à mon prénom. En adoptant l'un de ses enfants, j'avais soldé cette « dette » morale envers elle.

Laurita

Cati

Sr. Coco

Luna

Si vivre avec un chaton à la maison était pour moi, en théorie, le bonheur absolu, la réalité s'est révélée un peu plus compliquée. J'ai mis plusieurs jours à accepter ce que, d'une certaine façon, je savais déjà : le rythme de sommeil du chat est naturellement à l'opposé du nôtre. Ces animaux sont actifs la nuit et dorment le jour. Combien de fois Oye s'est-il transformé en petit diable qui m'empêchait de fermer l'œil parce qu'il voulait jouer et sauter, miaulant sans s'arrêter comme si le soleil était sur le point de se lever ? J'avoue que, au début, je me suis sentie un peu perdue…

Mon manque de connaissances et de préparation était patent. Et la responsabilité d'avoir un « bébé » à la maison plus lourde que je ne le pensais. Après tout, c'était la première fois que j'élevais un jeune animal dépendant de moi. Je n'ai pas d'enfants, mais je suis certaine que ce mélange de joie et d'épuisement que l'on ressent à l'arrivée d'un nourrisson ressemble à celui qu'on éprouve en adoptant un chaton. La façon dont nous nous comportons avec lui aura une influence sur son caractère d'adulte et sur son intégration dans le foyer. Je l'ai appris avec Oye et j'ai pu le vérifier par la suite.

CONSEILS
pour ceux qui adoptent un chaton

- Il est préférable que le chaton soit sevré. On conseille généralement d'attendre entre 45 et 60 jours avant de le séparer de sa mère et de ses frères et sœurs : avec eux, par jeu et mimétisme, il apprend à faire sa toilette et à interagir avec ses semblables – ce que nous, humains, ne pouvons lui enseigner.

- Les petits grandissent ensuite en se forgeant leur propre expérience. Extrêmement intelligents, ils ont tendance à répéter les comportements dont les conséquences sont agréables ou satisfaisantes (pour eux, pas pour nous, bien sûr !).

- Le chat est un animal nocturne, mais pas par caprice : c'est là son rythme naturel. Si vous voulez qu'il dorme presque toute la nuit, il est important de jouer avec lui en journée et avant qu'il se couche. Et si, pendant la nuit, il se réveille et miaule, il faut, dans la mesure du possible, l'ignorer. C'est parfois peine perdue, car votre silence peut être interprété comme un jeu ou une réponse positive à ses réclamations ! Assurez-vous au préalable, bien sûr, qu'il n'y ait aucun inconfort ou aucune douleur qui expliqueraient les plaintes.

- Le chaton est propre à un mois et demi environ. Grâce à sa mère, qui le lui a appris, il sait normalement aller dans sa litière avant son adoption. Si ce n'est pas le cas, il suffit de le placer dans le bac à intervalles réguliers, notamment après les repas. À plus ou moins long terme, il recouvrira de toute façon ses déjections puisqu'il s'agit d'un comportement instinctif : le chat cherche spontanément à éliminer son odeur face à un potentiel prédateur.

- Il est important de lui montrer ce qu'il a le droit de griffer et mordre – ou non – avant que ses dents et griffes se développent. Pour éviter qu'il n'attaque vos mains, vos pieds ou ne détériore les fauteuils, procurez-lui des jouets : il pourra ainsi dépenser son énergie et se faire les griffes. Après tout, c'est dans sa nature !

Les siamois ont une drôle de particularité : ils changent de pelage au cours de leur vie ! Ils naissent ainsi entièrement blancs, presque albinos, à l'exception de quelques taches plus sombres qui correspondent aux parties les plus froides de leur corps : la truffe, la queue et les pattes. Au fil des années, leur robe immaculée devient marron foncé, et les extrémités, noires. C'est à ce changement graduel et constant qu'on devine l'âge d'un siamois, de la même façon que mes cheveux finiront par blanchir avec le temps.

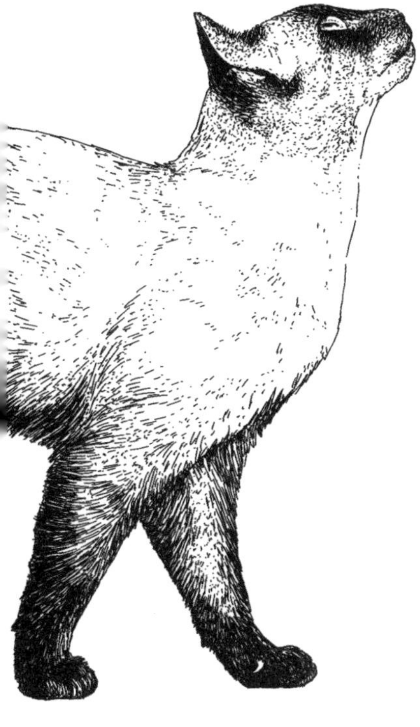

Il y a quelques années, je suis tombée sur la première illustration d'un siamois relevée en Europe : une gravure de 1793 du zoologue et botaniste allemand Peter Simon Pallas (1741-1811). L'homme a passé une grande partie de sa vie à explorer le territoire russe à la recherche de plantes et de nouveaux animaux.

Son ouvrage principal, *Zoographie russo-asiatique*, est une étude exhaustive sur la faune de cette région. L'homme a donné son nom à bon nombre d'espèces. Le pouillot de Pallas, par exemple, est un oiseau d'un jaune brillant, qui peuple le sud de la Sibérie et le nord de la Mongolie et de la Chine. Il peut voler sans s'arrêter sur plus de 5 000 kilomètres, jusqu'en Europe occidentale. Le syrrhapte paradoxal, ou *Pallas's sandgrouse*, est une sorte de pigeon orangé, probablement celui que mentionne Marco Polo dans ses mémoires sous le nom de « bargherlac ». Nous ignorons si Pallas avait conscience qu'il s'agissait là d'espèces encore jamais observées par l'homme. Toutefois, ses récits et les illustrations qui les accompagnent ont permis d'établir un premier registre scientifique. Parmi ces dessins figure celui d'un chat à la silhouette arrondie, aux oreilles courtes et aux extrémités brunes : tout indique qu'il s'agit d'un siamois. Le naturaliste est aussi le premier à avoir décrit le manul, ce mystérieux félin connu sous le nom de « chat de Pallas ».

Il l'évoque dans son récit *Second voyage de Pallas, ou Voyage entrepris dans les gouvernements méridionaux de l'empire de Russie pendant les années 1793 et 1794* :

*Je remarquai dans le même endroit avec beaucoup de surprise une race bâtarde ou variété de l'espèce commune de nos chats. À Nikolskoïe, une femelle noire et domestique mit bas trois petits absolument semblables. Il n'y avait que cette femelle dans la maison seigneuriale [...]. Deux étaient mâles et l'autre femelle. Elle avait déjà mis bas une fois des chats ordinaires, qu'elle mangea quelques jours après leur naissance. La forme, mais surtout la qualité et la couleur des poils présentent quelque chose d'extraordinaire. On trouvera dans la planche I*re *la représentation de cet animal. Ces chats sont de moyenne grandeur, ils ont les pattes plus minces que celles des chats ordinaires, et la tête allongée vers le museau. La queue a trois fois la longueur de la tête. Le pelage de ces chats, surtout celui du mâle, est d'une couleur châtain clair, comme celle de la fouine, mais un peu plus foncé sur le dos, et plus pâle en dessous. La couleur de la gorge est encore plus blanchâtre ; la femelle porte une tache blanche au cou. Le noir du museau s'élargit jusqu'au tour des yeux, et se prolonge en pointe vers le front de l'animal. Il a les oreilles, les pattes et la queue noires. Les poils ressemblent à ceux de la fouine ; ils sont un peu moins hérissés que ceux du chat, et les plus laineux sont gris blanchâtre. Ceux de la queue, uniment couchés, sont en quelque sorte aplatis et divisés comme des barbes de plume. Du reste, ces animaux tiennent beaucoup du chat, par la manière d'être, l'odeur et tout l'ensemble des caractères. Ils étaient très sauvages dans les commencements, cherchaient à se cacher dans les caves, à s'enterrer dans des trous, et même ils ne sont point encore aussi familiers que les autres chats domestiques. Je laisse à décider maintenant si l'on doit les regarder comme une race bâtarde de cette espèce.*

Le siamois est l'une des plus anciennes races de chat. Originaire du pays de Siam (l'actuelle Thaïlande, c'est pourquoi on l'appelle également « thaï »), il était réservé à la famille royale. La première description d'un siamois apparaît dans une collection de manuscrits anciens intitulée *Tamra Maew* (« Le livre des chats »). En 1878, le président des États-Unis Rutherford B. Hayes se vit offrir le premier siamois du pays, envoyé par son consul de Bangkok.

Siamois traditionnel ou thaï

Six ans plus tard, le consul anglais Edward Gould rapporte lui aussi à sa sœur Lilian des siamois venus de Bangkok. C'est la première introduction de ce chat en Angleterre. Lilian Gould les aimera tant qu'elle fondera un club d'amateurs de siamois en 1901.

Deux races de siamois existent : le traditionnel, ou thaï, au corps plus petit et plus rond, et le moderne, plus élancé et maigre, à la tête triangulaire et aux grandes oreilles. Tous deux partagent une particularité à la fois drôle et charmante : ils louchent ! Ils miaulent aussi beaucoup, d'une « voix » souvent rauque et éteinte.

Deux ans après avoir adopté Oye, ma sœur m'a proposé d'accueillir à la maison une chatte persane dont la maîtresse venait de mourir. Pendant quinze jours, j'ai tout essayé, mais cela n'a pas fonctionné. Oye l'a tout de suite rejetée et m'a fait comprendre qu'il n'était pas disposé à partager son territoire. Je dois avouer que cela m'a beaucoup frustrée. Heureusement, Lina a fini par trouver un foyer plus accueillant que le mien, ou devrais-je dire que celui d'Oye…

Recommandations pour ceux qui adoptent un second chat

- Privilégier le sens de l'odorat à celui de la vue : si le chat de la maison feule, il faudra les séparer durant plusieurs jours, chacun dans une pièce, et les exposer à des vêtements et objets portant l'odeur de l'autre afin qu'ils s'habituent à leur présence mutuelle.

- Établir le contact entre les deux chats progressivement, sans précipitation. Commencer par les laisser se regarder, sans qu'ils puissent s'approcher ni se toucher.

- Ne pas hésiter à s'aider de phéromones pour détendre l'atmosphère et apaiser les chats.

- Toujours avoir sous la main un vaporisateur rempli d'eau pour les séparer si besoin. Éviter de crier sur l'un d'eux, l'autre risquerait d'interpréter ce comportement comme un positionnement en sa faveur (et vice versa).

Le jour où j'ai entendu parler de la « ronron thérapie », j'ai pris conscience de tous les bienfaits de ma cohabitation avec Oye. Sa présence à mes côtés était un véritable baume au cœur, qui m'a souvent permis de reprendre du poil de la bête, physiquement comme mentalement. Ç'a été le cas notamment à un moment de ma vie où je me sentais seule et triste, où mon travail de décoratrice d'intérieur au sein d'un cabinet d'architecte était une perpétuelle source de stress. Or, le ronronnement d'Oye, installé sur mes jambes ou contre ma poitrine, m'aidait à me détendre, à réguler mes émotions et à aborder certaines situations avec plus de sang-froid. J'ignorais que cette sérénité retrouvée était en grande partie due au fait que le chat est un vrai petit infirmier : les vibrations de ses ronrons, semblables à celles d'un moteur, stimulent notre système immunitaire ainsi que notre sécrétion d'endorphines. En somme, c'est un médicament naturel. L'histoire des peintres Louis Wain et Maud Lewis, que vous découvrirez plus loin, a beaucoup à nous apprendre à ce sujet.

Quatre bonnes raisons
d'avoir un chat à la maison

- Le chat est un animal silencieux et calme. Sa présence contribue à réduire la pression artérielle et diminue l'anxiété.

- S'il est très indépendant, le chat est aussi très affectueux, ce qui en fait un compagnon idéal pour les personnes âgées ou celles qui ne peuvent s'occuper d'autres espèces plus exigeantes.

- Les effets de la ronron thérapie ne sont pas prouvés, mais ses bénéfices émotionnels sont indiscutables : caresser un chat stimule certaines terminaisons nerveuses et peut aider ceux qui souffrent de maladies dégénératives comme Alzheimer à raviver d'anciens souvenirs ; cela sera également utile chez l'enfant atteint de troubles de l'audition, du langage, de l'attention ou du spectre de l'autisme, en lui permettant d'expérimenter le lien affectif, l'interaction ou encore la sensation de quiétude.

- S'occuper d'un chat, comme de n'importe quel animal domestique, responsabilise l'enfant et lui donne l'occasion d'apprendre que les animaux ne sont pas des jouets : s'ils se montrent bienveillants envers nous, nous devons en faire autant avec eux.

C'est curieux de voir comment l'œuvre de Wain a évolué au fil du temps.

Louis Wain (1860-1939) est le peintre des chats par excellence. Il leur a dédié la quasi-totalité de son œuvre et de sa vie. En quelque sorte, il a été, sans le savoir, le pionnier de la ronron thérapie. Mais cette histoire a commencé tristement lorsque sa femme, Emily, a été atteinte d'un cancer. L'artiste a alors remarqué à quel point la présence de leur chat, Peter, était vitale pour elle. Et voilà qu'il a eu l'idée, pour la distraire et la réconforter, de dessiner des portraits burlesques de Peter. Plus tard, ses dessins de chats lisant le journal, fumant la pipe, marchant sur deux pattes ou buvant le thé feront office de caricature de la société anglaise. L'écrivain H. G. Wells a dit de lui : « Le chat est devenu sien. Il a créé un style de chats, une société de chats, tout un monde de chats. Les chats anglais qui ne ressemblent pas aux chats de Louis Wain n'ont pas de quoi être fiers. »

Wain a survécu à sa femme plus de cinquante ans. Victime de sautes d'humeur intempestives, parfois violentes, il sera interné dans un hôpital psychiatrique et diagnostiqué schizophrène. (Aujourd'hui, on estime qu'il était probablement atteint d'une sorte de trouble autistique.) Ses peintures félines changeront à mesure que sa maladie se développera, au point de devenir des compositions abstraites de couleurs et de formes proches de celles d'un kaléidoscope. Son œuvre est souvent citée pour montrer comment la souffrance psychique peut affecter la perception d'un être.

Maud Lewis (1903-1970) est née dans un village de la Nouvelle-Écosse, une province du Canada. Depuis toute petite, elle souffrait d'une arthrite débilitante qui, avec le temps, a fini par courber sa colonne vertébrale, engourdir son cou et déformer ses mains. Malgré la douleur chronique et les répercussions de cette maladie sur sa vie quotidienne, l'artiste peignait des scènes champêtres et animales sur tous les supports qui lui tombaient sous la main : panneaux de bois, feuilles de papier déjà utilisées, restes de carton… Ses plus célèbres œuvres représentent des chats blancs et noirs, apparemment tous identiques, mais subtilement différents : assis sur l'herbe, entourés de tulipes et de fleurs, seuls ou en groupes, les chats de « Maudie » semblent toujours un peu surpris, comme s'ils s'apprêtaient à faire une bêtise ou à s'élancer à travers champs, ce dont rêvait leur créatrice.

En 1984, à Marshalltown, la minuscule maison où Maud Lewis vivait a été restaurée. Elle est désormais exposée dans la Art Gallery of Nova Scotia. À sa place, un mémorial a été conçu par l'architecte canadien Brian MacKay-Lyons. Il s'agit d'une vraie réplique en acier.

MAud,
LEWIS

Après le stress de cette tentative de cohabitation avec Lina, la chatte persane, l'idée de chercher un autre compagnon pour Oye m'est sortie de la tête. Notre lien s'est alors renforcé plus que je ne l'aurais jamais imaginé (lui, j'en suis sûre, se doutait depuis le début que ce serait le cas). Oye était en position de force, et il le savait ; il a réussi à me domestiquer et à faire en sorte que tout, dans notre foyer, passe par le filtre exigeant de ses désirs. C'est à cette époque que j'ai pris conscience que j'appartenais à Oye, et non l'inverse.

John Bradshaw, grand spécialiste américain de la santé émotionnelle, dit que les chats ne nous perçoivent pas comme des êtres humains, mais comme des chats géants à leur service. Ils passeraient leur temps à nous étudier de façon à obtenir ce qu'ils veulent. Après mon expérience avec Oye, je ne peux qu'être d'accord avec lui.

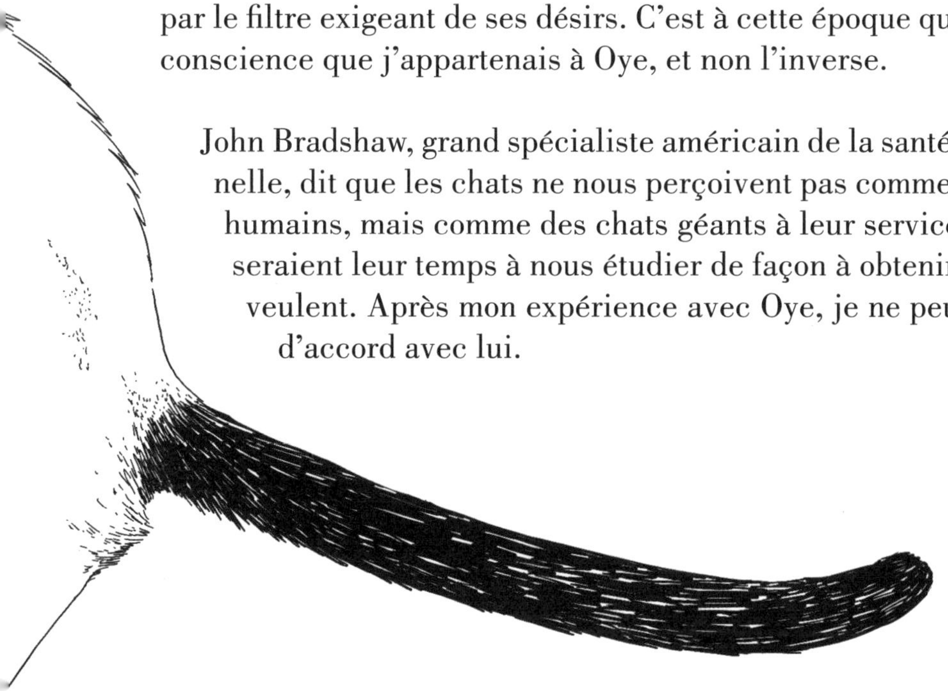

Oye a toujours été « particulier ». Je veux dire par là qu'il n'était pas aimable avec les gens qui nous rendaient visite, ni même avec les membres de nos familles.

Il passait des heures perché sur le dossier de son fauteuil, se moquant éperdument des invités. Et si quelqu'un osait le caresser, il n'hésitait pas à attaquer.

Avec moi, en revanche, c'était une autre histoire. Oye me suivait comme mon ombre. Dès que je m'asseyais, il courait pour grimper sur mes genoux, quand bien même il était, l'instant d'avant, occupé à dormir placidement à l'autre bout de la maison ou à observer les oiseaux par la fenêtre. Avec le temps, mon cerveau a intégré son poids de telle sorte que je ne savais plus s'il était ou non monté sur mes jambes : dans le canapé, nous formions un seul être.

Les chats aiment les habitudes. Oye, depuis tout petit, avait choisi de passer la nuit sur la terrasse. Tous les soirs, à minuit, il sortait et je l'entendais jouer avec de petits animaux ou détruire des plantes. À 7 heures du matin, il revenait miauler en continu près de la porte jusqu'à ce que je lui ouvre et lui donne à manger. Je ne saurai jamais comment il faisait pour différencier les jours de la semaine et miauler plus tard le week-end. Grâce à cette activité nocturne, il passait presque toute la journée à dormir. Il n'y a jamais eu si peu de cafards chez moi que durant ces années-là ! Il les réduisait en miettes. N'allez pas croire que les chats ne sont que des carnivores et des chasseurs solitaires : comme leurs ancêtres sauvages, ils aiment s'amuser avec leurs proies et peuvent jouer avec pendant des heures sans les tuer.

Quand Oye a eu 10 ans, peut-être pour marquer le coup, il a soudain décidé que la zone située entre mon cou et ma poitrine serait le lieu parfait pour passer la nuit, roulé en boule. Toujours à gauche, près du cœur. Je n'ai pas compris ce qui a provoqué ce changement ; j'ai mis ça sur le compte de l'âge et je me suis réjouie que nos rythmes de vie coïncident enfin.

LE LANGAGE

Yeux mi-clos, pupilles rétractées
et oreilles pointées vers l'avant.
CHAT HEUREUX

Le chat bat lentement
des paupières : il est à l'aise
et se sent en sécurité.
CHAT EN CONFIANCE

Yeux ronds et oreilles dressées.
CHAT DANS SON ÉTAT NATUREL

DES CHATS

Yeux froncés, regard méfiant
et oreilles tournées sur les côtés.
CHAT CONTRARIÉ

Yeux fermés, oreilles
écartées, museau tendu
et vibrisses en arrière.
CHAT QUI SOUFFRE

Pupilles arrondies et dilatées,
oreilles tournées vers l'arrière.
CHAT AGRESSIF

La sierra Aitana.
La chaîne de montagnes
où est né Crasti,
près d'Alicante.

Quelques années plus tard, nous avons décidé d'agrandir la famille et d'adopter un chien. La mère de Nacho nous avait raconté que le chien de ses voisins, un magnifique Gos d'Atura (ou berger catalan), était parti en lune de miel avec Luna, son fox-terrier. De cette aventure étaient nés quatre chiots. C'était l'occasion ou jamais !

Crasti est arrivé à la maison alors qu'il avait à peine 2 mois : c'était une boule de poils noire prête à recevoir tout l'amour du monde. Il ne s'est pas laissé impressionner par Oye et, par chance, le chat ne l'a pas considéré comme un rival. Sur l'échelle de l'évolution animale, pour lui, le chien occupait évidemment un rang inférieur ! Pour Nacho, ç'a été un vrai bonheur, il adorait Crasti, et tous les deux sont devenus inséparables. Leur relation a d'ailleurs renforcé mon propre lien affectif avec Oye, qui n'avait pas de souci à se faire de toute façon : dans mon cœur, il était indétrônable !

Nacho est un grand fan des Simpson...
D'où le nom de Krusty, le clown
dans la série, mais écrit à notre façon.

On se rend rapidement compte que cohabiter avec des animaux demande un certain détachement à l'égard des choses matérielles. Avec Crasti, nous avions la drôle d'impression de vivre en même temps avec un maître de la destruction et un fin gourmet.

Au début, il goûtait à tout sans distinction : il s'en est d'abord pris à une commode en bois et, à mesure qu'il grandissait, il en a mangé une à une les poignées. Il ne s'est avoué vaincu que lorsqu'il est parvenu au tiroir du haut. Il était aussi très attiré par le plâtre. Petit bout par petit bout, il s'est régalé de tous les coins de mur de la maison. Au menu : câbles de lampadaires, chargeurs de portables, cordons d'alimentation… Nous n'avons jamais compris comment il se débrouillait pour ne pas prendre de décharge ! Voler des chaussettes était peut-être ce qui lui plaisait le plus. Nous avons ainsi vécu plusieurs années sans pouvoir reconstituer des paires, et il est arrivé que certains invités passant la nuit chez nous quittent la maison avec une chaussette en moins. Crasti a aussi fait office de styliste et nous a forcés plusieurs fois à changer de paires de chaussures et de chaussons.

Une autre de ses passions consistait à détruire le peu de plantes qu'Oye avait laissées en vie. À eux deux, ils sont venus à bout de tous les autres êtres vivants de la maison. Ils faisaient régner un ordre terrible, choisissant finalement quels objets pouvaient rester chez nous, et ceux dont l'heure était venue.

Une minute de silence
pour toutes ces plantes
tombées au combat.

Bon, pour être sincère,
moi seule suis responsable
de la mort des cactus.

Comme tous
frères qui se respectent,
il leur arrivait de s'associer
pour faire des bêtises, ce qui ne les
empêchait pas de se taquiner. Dès qu'il
voyait Oye griffer un meuble, Crasti lui
aboyait ainsi dessus comme pour lui faire la
leçon. Oye l'ignorait superbement, sauf quand
quelques rares coups de patte lui rasaient les
moustaches. Et il fallait les voir se poursuivre dans
le couloir ! Lorsqu'ils se bagarraient, on aurait dit
une seule et même boule de poils qui roulait. Heureusement, c'était comme s'ils dosaient leurs attaques
en fonction des faiblesses de l'autre : ils ne se sont
jamais fait mal. Malgré tout, ils ne passaient pas non
plus tout leur temps ensemble – ce que j'aurais adoré,
bien sûr. Oye et Crasti maintenaient une certaine distance qui leur permettait de cohabiter dans une paix
relative : chacun avait conscience des limites de son
propre royaume. Et, étant donné la répartition de leurs
sujets, cette alliance prenait tout son sens.

Ma sœur Marina a toujours prétendu qu'il fallait avoir
au moins deux individus de chaque espèce. Elle
affirme qu'ainsi ils se régulent émotionnellement
parlant, et que ce bien-être se répercute sur l'harmonie du foyer. Dans notre cas, vu l'échec de
l'adoption de Lina, il était peu probable qu'Oye
puisse cohabiter avec un autre chat ; par
chance, le pari que nous avions fait avec
Crasti s'était révélé gagnant ! Toutefois, si
présenter deux chats requiert quelques
astuces, ce n'est pas beaucoup plus
simple entre animaux d'espèces
différentes.

Je dois dire que j'aurais voulu
que Crasti et Oye ressemblent
aux adorables Henry et Baloo
(@henrythecoloradodog sur Instagram).
Mais non.

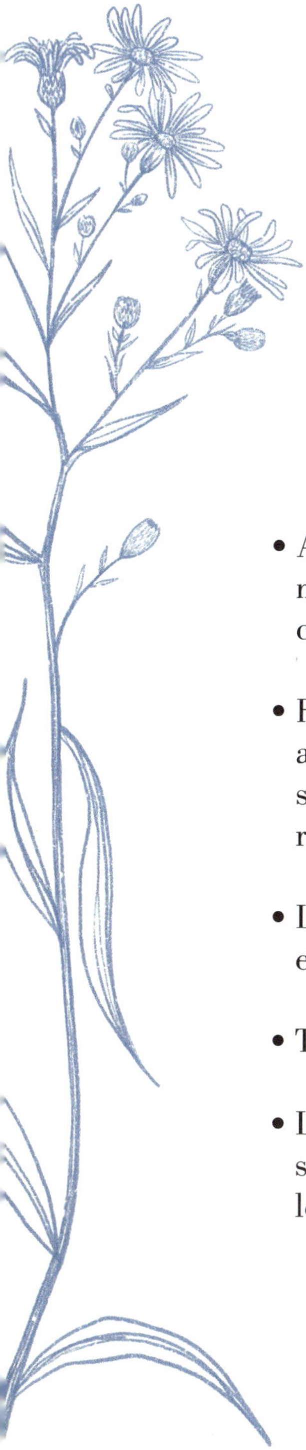

Quelques pistes pour réussir UNE COHABITATION *entre chiens et chats*

- Au moment des présentations, pour éviter tout débordement, mieux vaut que le chien soit tenu en laisse et que le chat ait la possibilité de se cacher ou de s'enfuir.

- Respecter l'organisation sociale de chaque espèce : le chien a des relations hiérarchiques, là où le chat est un animal solitaire qui défend son territoire. En général, il est préférable de ne pas intervenir et de les laisser s'arranger entre eux.

- Leur donner à manger et à boire dans des endroits séparés et éloignés de la litière du chat.

- Toujours avoir assez de jouets pour tout le monde !

- La cohabitation est bien plus facile lorsque les animaux sont jeunes (au moins l'un d'entre eux). Comme pour Crasti, le chiot foufou, et Oye, le chat adulte.

Nous formions à nous quatre une famille très accueillante. Nous adorions recevoir nos amis, nos parents, et tout un tas de bêtes, toutes espèces confondues. Nous disions nous-mêmes de notre maison qu'elle était une vraie pension pour animaux.

Lorsque ma copine Pam a déménagé en Angleterre, son caniche a vécu pendant neuf mois chez nous ; chaque fois que nos amis Yves et Vincent partaient en voyage à l'autre bout de la planète, nous gardions leur toutou ; les visites de Marina et de nos autres amis étaient également toujours synonymes de nouveaux chiens à la maison – il y en a eu tellement que j'ai perdu le compte ! C'était si drôle de voir comme le comportement d'Oye et de Crasti changeait lorsqu'ils étaient là ! L'amour de Crasti était inconditionnel et s'adressait à tous et toutes : la famille, les copains, les autres chiens, les nouvelles chaussettes à chiper… En grandissant, il est devenu obéissant, toujours plus affectueux et drôle, y compris quand il fallait aller chez le vétérinaire. Oye, par contre, avait ses préférences, et il nous le faisait savoir : tolérant avec les chiens de passage, mais farouche avec les humains, qui ne lui ont jamais plu. Ils étaient l'antithèse l'un de l'autre.

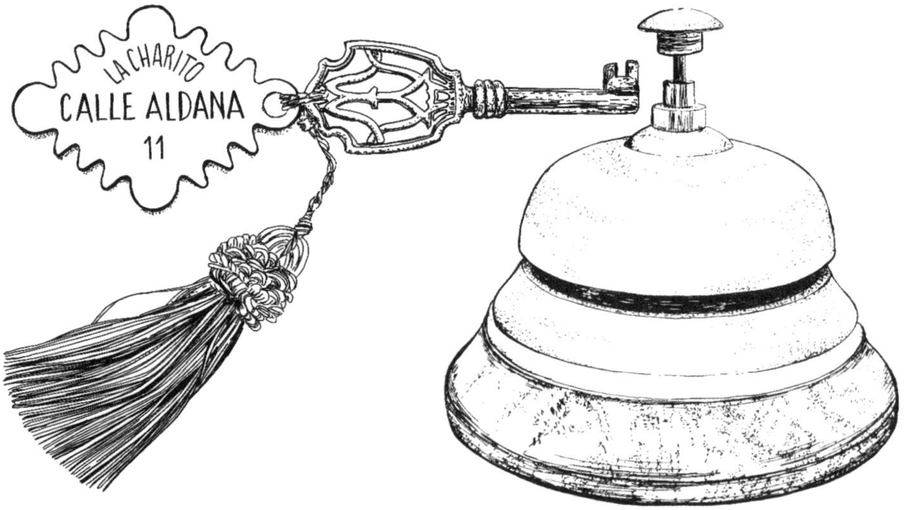

YOUKIE

VIRUS

GALA

PLOM

GROFI

Après quatorze ans de vie commune, la famille que nous avions construite s'est brisée. Nacho et moi nous sommes séparés et chacun est reparti de son côté avec son animal. Je suis restée seule avec Oye, devenu seigneur et maître en son royaume.

Crasti passait généralement une semaine sur deux à la maison. J'ai remarqué que la relation avec Oye avait changé : ils se montraient plus tolérants l'un envers l'autre, plus respectueux. Non seulement parce qu'ils ne vivaient plus ensemble, mais aussi parce qu'ils étaient tous les deux des adultes.

Avec Nacho, nous avons eu la chance de rester amis et cette garde partagée s'est toujours bien passée. En Espagne, lors d'un contentieux, c'est la loi du bien-être animal qui régit, entre autres, le sort d'un animal quand ses « humains » se séparent. Cette loi, également en vigueur au Portugal, en France, en Allemagne, en Autriche et en Suisse, reconnaît des droits aux animaux et permet à leurs propriétaires de recevoir une indemnisation si leurs animaux de compagnie subissent des préjudices. En d'autres termes, on considère dorénavant les animaux comme des êtres sensibles dotés de droits qui leur sont propres, et non comme des objets pouvant passer de main en main, être abandonnés sans autre forme de procès ou subir des maltraitances.

Célébrons l'avancée majeure et historique que représente la réforme du régime juridique des animaux dans le Code civil espagnol ! Ils sont enfin reconnus comme des êtres vivants dotés de sensibilité.

2 décembre 2021

La statue de la Justice s'inspire de la déesse Thémis, dont le nom signifie « ordre ».

Avec la solitude, ma relation avec Oye s'est encore renforcée. Nous passions tout notre temps ensemble. Il a été mon réconfort, mon camarade, mon soutien. Après tant d'années, notre lien est devenu nœud.

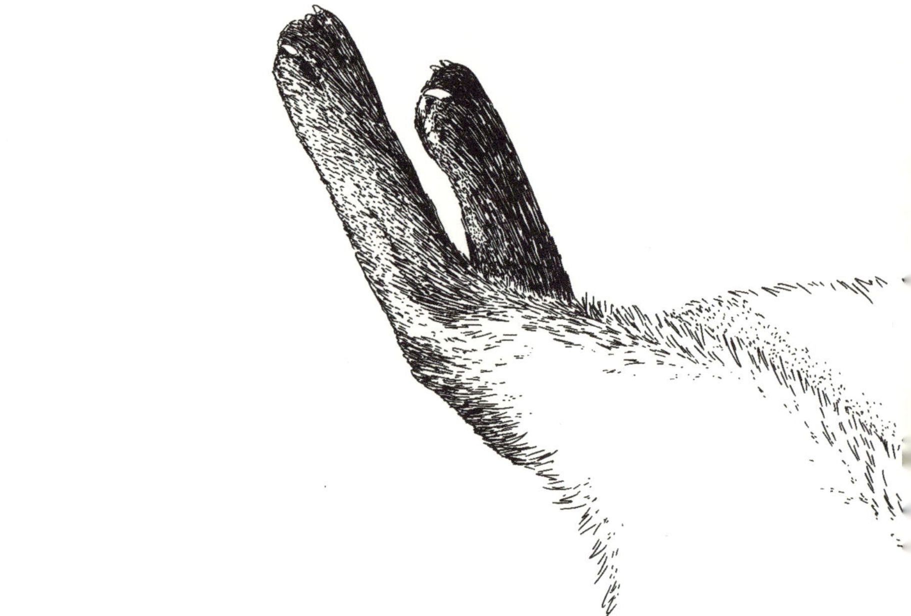

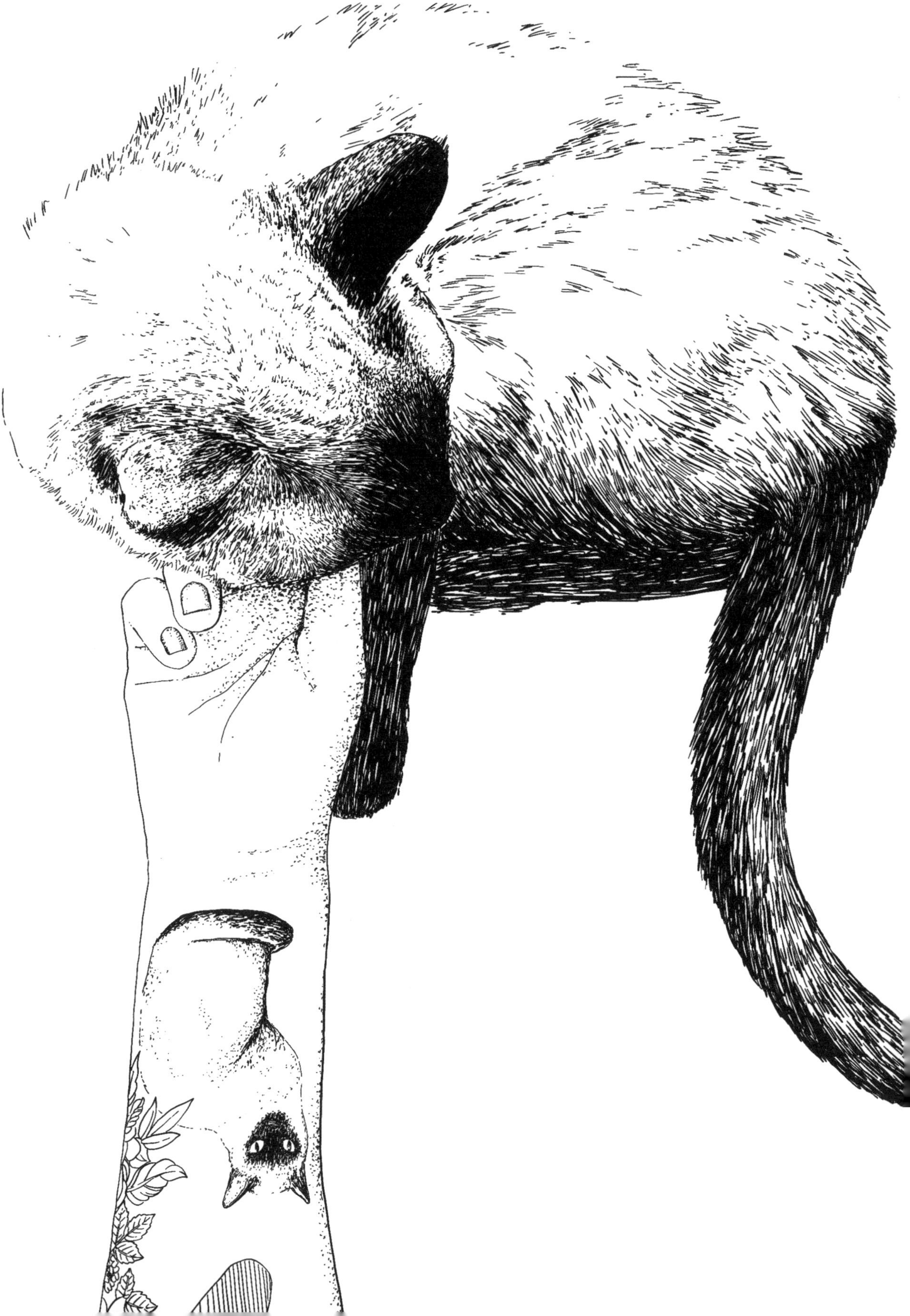

On peut se marquer la peau pour la vie pour diverses raisons. Le tatouage est quelque chose d'intime ; il est, d'une certaine façon, un compromis entre ce que nous sommes et ce que nous aimons.

J'ai eu mes premiers tatouages assez tôt. Un jour, j'ai senti qu'il était temps d'intégrer Oye à cet univers. Je ne saurais dire combien de dessins et de photos j'ai faits avant de déterminer la posture qui le représentait le mieux. Avec l'âge, on devient plus sélectif et plus exigeant – peut-être un brin tatillon ? Enfin, après avoir sélectionné le dessin d'Oye qui me convenait vraiment, j'ai mis un certain temps à décider de l'endroit où je voulais le faire tatouer. Pour qu'il soit toujours à portée de vue, j'ai choisi la face interne de mon avant-bras droit.

Quand on a un animal, c'est pour la vie. S'il n'est plus là, le garder sous forme de pigments ancrés dans la peau le rend présent à jamais. Je sais que je suis loin d'être la seule à voir les choses comme ça.

Ce n'est pas en Égypte antique, il y a plus de quatre mille ans, que les chats ont été domestiqués pour la première fois, comme beaucoup de gens le pensent. Certains indices laissent à penser que leur relation amicale avec les humains existait déjà il y a plus de cinq mille ans, en Chine. Mais c'est bien en Égypte, et seulement là-bas, que le chat, symbole de divinité, de fertilité et de protection, fut vénéré. Dans la mythologie égyptienne, les dieux avaient le pouvoir de se transformer en animaux, et le chat était leur incarnation favorite. Autrement dit, les Égyptiens n'adoraient pas le chat parce qu'il était un dieu en soi, mais parce que les dieux avaient décidé de l'habiter, lui : cet animal rappelait quotidiennement au peuple le pouvoir divin.

Les Égyptiens estimaient que le chat, en plus d'accomplir des tâches bien terrestres comme repousser les rats et les serpents ou éloigner les maladies, possédait la faculté de sonder l'âme humaine. Si les pharaons l'ont toujours apprécié, cet animal n'a jamais été autant chéri que durant la XVIIIe dynastie, lorsque l'Égypte est devenue le premier grand empire du monde et que la civilisation égyptienne a atteint son apogée. On y considérait le félin comme l'incarnation de la déesse Bastet, fille de Râ et Isis. Bastet, représentée soit comme une déesse à tête de chat, soit directement comme un chat, symbolisait la lumière, la chaleur et l'énergie solaire, mais aussi le mystère, la nuit et la lune. Les Égyptiens croyaient qu'elle soignait les maladies et qu'elle veillait sur l'âme des morts.

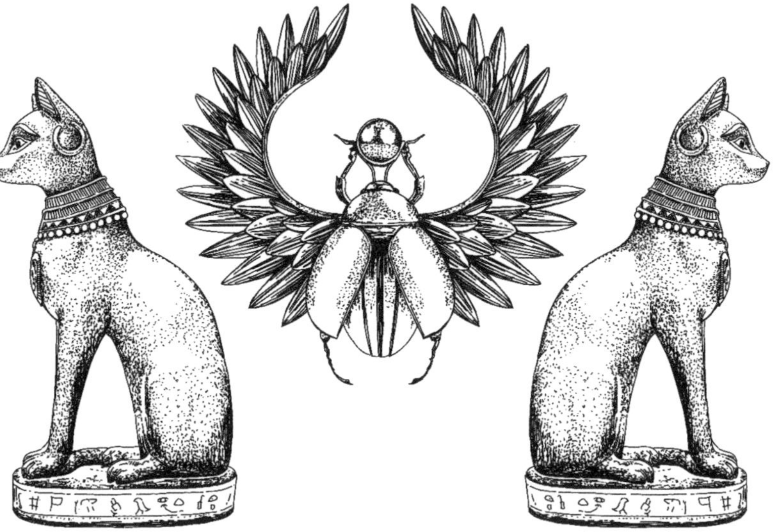

En son honneur, ils paraient les chats de bijoux et d'or, les laissaient déambuler à leur guise dans les palais et dormir dans les lits, et punissaient de mort quiconque en blessait ou en tuait un. On érigeait des statues et des obélisques à l'effigie du félin ; on peignait des hiéroglyphes et on décorait des vases, des bijoux et de la vaisselle à leur image. Les chats ornèrent les tombes et furent momifiés à leur tour. En 1888, aux alentours de ce qui avait été le temple d'Istabl Antar (aussi connu sous le nom de Speos Artemidos), un paysan découvrit par hasard une nécropole féline d'environ 180 000 chats momifiés en offrande à Bastet.

Quand un chat mourait, ses propriétaires se rasaient les sourcils en signe de deuil et le pleuraient jusqu'à ce que leurs poils repoussent. Plus la famille était riche, plus les funérailles étaient importantes, et le sarcophage du chat, somptueux. Sur les tombes, que les Égyptiens considéraient en quelque sorte comme des maisons pour l'éternité, on représentait la famille du défunt, ses objets préférés, les activités qu'il aimait le plus et les chats qui avaient fait partie de sa vie. Il arrivait même qu'un chat momifié soit placé dans la tombe de son propriétaire en guise de trousseau funéraire, dans l'espoir qu'il l'accompagne dans l'au-delà.

Oye vénérait le soleil, comme les Égyptiens le dieu Râ. Son activité principale consistait à se nourrir de lumière naturelle. Pour ce faire, il avait étudié à la perfection le parcours des rayons qui pénétraient dans la maison. Il changeait de position en fonction de la saison, de la quantité de feuilles dans les arbres ou sur le sol des balcons, et de la lumière disponible.

J'adorais le caresser et sentir la chaleur émaner de son corps. Je crois que pas une fois je n'ai omis de sourire en voyant qu'il était si bien avec moi.

Grâce aux réseaux sociaux, vingt ans après avoir quitté le département des beaux-arts, j'ai retrouvé un ancien camarade, Jerjes. Nous avons été colocataires pendant quelques années. Ce n'était pas un grand fan de chats, mais Oye et lui ont eu un bon feeling et mon siamois est devenu son modèle pour nombre de dessins que je conserve aujourd'hui comme des trésors.

Les effets du temps qui passe sont très visibles chez les animaux, car, malheureusement, leur longévité est inférieure à la nôtre. Chez Oye, le changement physique a été d'autant plus notable que le pelage des siamois fonce avec l'âge.

L'évolution de son caractère a été plus progressive, mais non moins profonde : il est devenu plus affectueux avec les gens qui venaient à la maison, et très dépendant de moi. Il n'aimait plus être seul et cherchait constamment les caresses, comme si cela le rassurait. Quand je m'absentais, il était de plus en plus difficile de le faire garder, hormis par Nacho.

Je ne suis pas souvent malade, mais, à cette époque, mon meilleur remède, lorsque je ne me sentais pas bien, était de me blottir contre Oye. Il paraît que les animaux savent quand nous allons mal, et que leur instinct les pousse à se coller à nous pour nous protéger. Avec les chats, c'est frappant ! Si j'étais souffrante, Oye ne me lâchait plus. Et quand j'étais angoissée ou que je pleurais, il se dépêchait de lécher mes larmes en sachant que sa langue rose et râpeuse suffirait à me faire oublier le reste du monde. Je l'ai même soupçonné plus d'une fois de se faire vomir dans le seul but de me changer les idées.

EFTERKLANG
TEATRO LARA · MADRID · POSTER BY ERROR-DESIGN.COM

Tout au long de notre vie à deux, j'ai eu le sentiment qu'Oye s'occupait davantage de moi que l'inverse. Jusqu'à ce que l'âge abîme ses reins. Notre routine quotidienne s'est alors transformée en accompagnement de fin de vie.

Mon humeur dépendait de son appétit. Oye était si maigre que j'étais déjà bien contente si je parvenais à le faire manger un peu et à lui faire prendre ses médicaments. Je tâchais de lui dissimuler ma tristesse, mais, s'il n'était plus là la nuit quand je me réveillais, j'étais capable de bondir hors du lit et de le chercher désespérément dans toute la maison. J'avais si peur de le perdre que j'avais l'impression qu'une partie de moi se consumait avec lui.

J'accueillais avec reconnaissance chaque journée supplémentaire passée à ses côtés. Son pelage s'est feutré, au point de ressembler à une sorte de vieille couverture cachant un corps de plus en plus squelettique. Ses poils formaient de gros pics sur son dos, sa queue me rappelait celle d'un dragon. Ses mouvements élégants et souples sont devenus maladroits et craintifs, et l'éclat dans son regard s'est peu à peu éteint. Sur ses canines est apparu un sillon foncé et toutes ses dents ont pris une teinte grise lugubre. Enfin, il a cessé de faire ses griffes, comme s'il était fatigué et qu'il n'était plus nécessaire de marquer son territoire.

C'est à ce moment-là qu'Arnau est entré dans nos vies. Certaines personnes mettent les animaux en confiance sans le savoir, les rendent plus sereins, souvent sans l'être eux-mêmes. Arnau était de ceux-là. Dès le début, Oye et lui ont eu un lien spécial.

COMMENT FAIRE POUR QU'UN CHAT ÂGÉ SE SENTE BIEN CHEZ LUI

- Il doit pouvoir accéder à ses coins préférés facilement, à l'aide de petites rampes ou d'escaliers, sans avoir à sauter.
- Installer un bac à litière aussi bas que possible pour qu'il puisse y aller et en sortir plus aisément et surélever sa gamelle pour qu'il n'ait pas à se pencher ou à forcer sur son cou.
- Lui proposer une alimentation humide et tiède qui libérera plus d'arômes et l'attirera davantage.
- Les chats âgés ont tendance à boire peu ; une fontaine peut les y encourager.
- Essayer de jouer avec lui durant la journée pour qu'il se repose pendant la nuit. Utiliser des phéromones pour l'aider à se détendre et réduire son anxiété et ses insomnies. S'il ne bouge pas beaucoup, le placer sur des coussins pour éviter toute lésion due à la pression de son propre corps.

Ma préoccupation majeure était qu'Oye puisse vivre ses derniers jours dans les meilleures conditions.

Lorsque le diagnostic d'insuffisance rénale chronique a été posé, je n'ai pas voulu y croire. J'ai entamé un pèlerinage dans différentes cliniques vétérinaires, mais toutes étaient du même avis. Il n'y avait pas grand-chose à faire.

Notre histoire ne pouvait pas s'arrêter là. Du moins, je ne pouvais pas me résoudre à l'idée qu'il disparaisse. J'ai vécu cette période en étant déconnectée de la réalité, comme dans une bulle. Arnau m'a accompagnée jusqu'au bout, même quand j'ai dû prendre la décision, si difficile, d'euthanasier Oye.

J'ignore quand mon cœur et mon ventre arrêteront de se nouer lorsque je regarde les endroits où Oye n'est plus.

J'ignore combien de temps je mettrai à cesser d'entendre des mouvements imaginaires dans sa litière au milieu de la nuit, le son de ses pattes sur le sol, le bruit sec qu'il faisait en sautant du lit, ou de sentir son poids sur mes genoux.

J'ignore quand j'aurai la force de me débarrasser de ses affaires, ou quand je me déciderai enfin à laisser la porte du balcon ouverte car la plante à laquelle je tiens ne risque désormais plus rien.

J'ignore combien de jours je mettrai à accepter qu'il ne dort plus dans mon dos et que je peux m'appuyer sans crainte contre le dossier de ma chaise.

J'ignore si je cesserai un jour d'être triste.

Je ne sais pas non plus si j'en ai envie.

Le vide s'est installé dans ma vie et a pris la place d'Oye. Je ne pouvais quitter des yeux ses affaires et ses endroits favoris ; mon esprit divaguait comme s'il refusait de croire que mon chat était parti, que notre histoire était terminée. J'avais passé tant de temps à m'occuper de lui et à redouter ce moment que je n'avais aucune idée de comment affronter son absence. Entendre parler de lui était une souffrance. Mais ne pas en entendre parler l'était aussi. J'ai toujours pensé que les deuils sont connectés les uns aux autres, qu'ils s'additionnent, et que, de ce fait, il est chaque fois un peu plus difficile de les surmonter. Mon ventre se nouait à l'heure de manger ou de dormir, et même si je savais qu'avec le temps ces sentiments s'atténueraient, rien ne me consolait. La moindre photo, le moindre souvenir me faisaient pleurer. J'essayais de ne pas penser aux moments passés ensemble. J'agissais comme un automate. Une partie de moi s'en est allée avec Oye.

Depuis 1969, la théorie des cinq étapes du deuil développée par la psychiatre helvético-américaine Elisabeth Kübler-Ross prédomine. Dans son livre *Vivre avec la mort et les mourants*, elle présente un modèle général qui explique le ressenti des endeuillés à diverses phases, et comment ils ont tendance à agir.

En 1946, Kübler-Ross visita le camp d'extermination de Majdanek, en Pologne, fermé deux ans plus tôt. Quand elle arriva dans la partie du camp réservée aux enfants, elle fut impressionnée par les jouets cassés et les chaussures abandonnées, mais aussi par autre chose qu'elle ne s'attendait pas à trouver là. Les murs étaient couverts de centaines de dessins de papillons gravés avec les ongles. Kübler-Ross raconte que ce n'est qu'au bout de vingt-cinq ans de travail avec des patients en fin de vie qu'elle a réellement compris ce que cela signifiait : ces enfants savaient qu'ils allaient mourir et ils avaient laissé un message d'espoir. Leurs corps n'étaient plus là mais, avec ces papillons, ils resteraient à jamais dans nos mémoires.

ÉTAPES DU DEUIL

1. Le déni : mécanisme de défense qui aide à surmonter le choc de la perte d'un être cher et repousse en partie la douleur. Il ne peut cependant durer car, à un moment ou à un autre, la réalité ressurgit.

2. La colère : les sentiments de rage et de ressentiment dominent, on cherche des responsables. Savoir que la mort est irréversible, que rien ne peut être fait est si frustrant que la colère peut se retourner contre l'entourage, y compris les proches.

3. Le marchandage : on s'imagine que, peut-être, on aurait pu éviter la mort de l'intéressé. On se demande : « Que se serait-il passé si… ? » On envisage des stratégies d'évitement : « Et si j'avais fait ci, ou ça ? »

4. La dépression : une tristesse profonde et une sensation de vide envahissent le corps et l'esprit. Il ne s'agit toutefois pas d'une dépression clinique, mais d'un ensemble d'émotions liées à la détresse naturelle que l'on ressent à la perte d'un être cher. Certaines personnes peuvent avoir du mal à trouver un sens à la vie et se demander comment continuer à vivre sans l'être perdu. Elles peuvent s'isoler de leur entourage pendant un long moment.

5. L'acceptation : une fois la perte acceptée, les personnes endeuillées apprennent à vivre avec l'absence de l'être cher. Avec le temps, elles retrouvent leur capacité à éprouver de la joie et du plaisir.

Alors que je tentais de faire mon deuil et souffrais toujours terriblement de l'absence d'Oye, Crasti s'est installé à la maison pendant quelque temps. Il cherchait le chat partout, comme s'il ne comprenait pas où il s'était caché. Notre peine était partagée. Grâce à lui, j'ai trouvé le courage de me débarrasser des affaires d'Oye. Il faut dire qu'il était âgé, et avait lui aussi besoin de mon attention !

Le souvenir de leurs jeux ravivait ma douleur, mais l'avoir près de moi me réconfortait. Il est plus facile de surmonter la perte d'un animal en compagnie d'un autre, et Crasti, avec ses yeux joyeux et son enthousiasme, a réussi à rendre ces journées moins tristes. Les courses dans le quartier, les promenades au parc de Montjuïc le dimanche matin, son désir irrépressible de s'arrêter pour boire à chaque fontaine et la manière dont il s'amusait à se rouler dans la terre ont été pour moi une thérapie de choc. Ces sorties avec Crasti étaient, d'une certaine façon, comme les papillons sur les murs de Kübler-Ross.

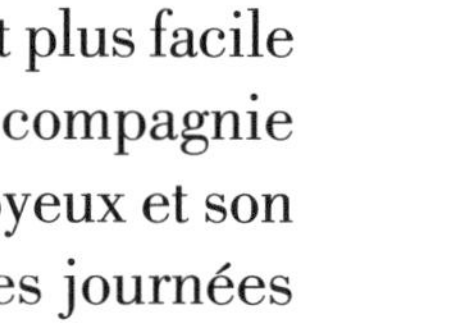

Les hasards de la vie, que nous ne contrôlons presque jamais, ont conduit Nacho et Crasti à déménager à Altea, à 500 kilomètres de chez moi. Résultat : j'ai reculé de je ne sais combien de cases et la blessure s'est rouverte. La maison vide. La douleur de trouver des poils sur mes pulls. Le réconfort de retomber sur des moustaches ou des griffes que j'avais amassées dans de petites boîtes comme s'il s'agissait de reliques. Autant de souvenirs d'Oye, mais aussi de Crasti, des deux ensemble, de tant d'années partagées, de deux histoires terminées.

La vie est devenue autre chose. Il y a eu l'insouciance de pouvoir sortir sans devoir m'organiser, de ne pas avoir d'horaires définis par la routine des soins et des médicaments. En même temps, le manque était toujours là. J'avais un besoin presque compulsif de caresser les animaux de mes amis, de m'occuper d'eux, de jouer avec eux. Le désir enfoui de partager ma vie et ma maison avec l'un d'entre eux se réveilla.

Toutefois, la peur de souffrir était la plus forte. Un jour je choisissais d'adopter un nouvel animal, le lendemain je doutais, puis je me décidais à nouveau, je me ravisais, et ainsi de suite… J'étais incapable de vivre sans Oye, mais j'étais tout aussi incapable de vivre sans animaux tout court, sans jouir de leur compagnie, sans cajoler tous ceux que je croisais sur mon chemin.

Mon entourage, qui a compris qu'il se passait quelque chose, a commencé à m'abreuver de propositions d'adoption. Je sentais pourtant que je n'avais pas encore mis un terme au combat entre le désir et la douleur. Lorsqu'on a vécu tant d'années avec un animal, qu'on a partagé une telle intimité avec un être qui vous écoute et vous accompagne de façon inconditionnelle, la relation est si forte qu'on ressent le deuil avec autant d'intensité que lors de la perte d'un proche. Je ne voulais pas remplacer celui qui avait été si important pour moi. Je refusais de mettre mes sentiments pour Oye de côté. Pire, me défaire de ma tristesse me donnait l'impression de le trahir.

Et puis, un jour, sans savoir bien comment, j'ai senti que j'étais prête. Le désir avait gagné la partie. Je n'étais sûre que d'une chose : je n'avais plus le courage d'accueillir un jeune animal. Je venais de passer beaucoup de temps avec un chat calme et âgé, et ma maison s'était à nouveau remplie de plantes. C'est à elles que je consacrais désormais mon énergie, et je voulais que cela continue. Après tout, elles aussi sont des êtres vivants, et je leur devais le peu de vie qui était resté dans la maison après la mort d'Oye.

L'idée d'acheter un animal ne m'est jamais passée par la tête. Il a toujours été clair que j'en adopterais un ou le recueillerais. Mon envie a été décuplée dès que j'ai commencé à parcourir les sites internet des associations et des refuges. Un premier contact, en quelque sorte. Mais regarder des photos de leurs pensionnaires et lire des fiches descriptives ne signifiait pas pour autant que j'oserais aller sur place les rencontrer.

Six mois après la disparition d'Oye, un mois après le départ de Crasti, j'ai décidé que le moment était venu. Mes amies Laura et Bea nous ont emmenés, Arnau et moi, dans un refuge. L'objectif était simplement de connaître son fonctionnement. Du moins, c'est ce que nous nous étions dit. Nous avons vu beaucoup de chats. Dans la première pièce, plusieurs d'entre eux avaient appartenu à un couple atteint du syndrome de Noé. Ils avaient eu plus de 35 chats, plusieurs perroquets et une mare artificielle avec des carpes. Quelques semaines après l'arrivée des animaux au refuge, il ne restait plus que les bêtes les plus sauvages, craintives ou agressives. Les plus dociles et les plus belles avaient déjà été adoptées.

Sous le joli nom de « syndrome de Noé » se cache un trouble psychiatrique qui se traduit par une accumulation compulsive d'animaux. Le syndrome de Diogène en est une variante, avec une accumulation d'objets inutiles. Dans de nombreux cas, ces deux troubles sont concomitants ; celui de Diogène est cependant le plus étudié.

Le syndrome de Noé a été identifié pour la première fois en 1997 aux États-Unis par le HARC (Hoarding of Animals Research Consortium). En 2012, le Dr Paula Calvo a publié la première étude européenne sur ce syndrome. Elle y affirme que l'« accumulation excessive d'animaux » est une forme claire de cruauté et de comportement irresponsable, sanctionnable par la loi.

Dès que je suis entrée dans cette pièce, mes yeux ont croisé ceux d'une magnifique chatte grise au regard triste, roulée en boule au fond de la première cage. Elle m'a tout de suite fait penser à une dame élégante, distinguée et distante, une vraie *señora*. Nous avons poursuivi la visite jusqu'à la dernière cage, où des yeux orangés grincheux se sont posés sur moi. Ils appartenaient à une chatte persane noire de 8 ans dans un état lamentable. À l'instant où je l'ai prise dans mes bras, j'ai su que je n'allais plus pouvoir la lâcher ; je l'ai tendue à Arnau et je l'ai vu fondre de tendresse.

J'aime les chats silencieux, qui ne requièrent pas beaucoup de soins, sveltes et félins, et elle était tout l'opposé : une sorte de chat rasta, ébouriffé, à qui il manquait des touffes de poils. Et sa tête ! Ses yeux chassieux sentaient l'infection à plein nez. Elle avait été si peu soignée que l'ensemble de son ventre n'était qu'un enchevêtrement de poils, de terre sèche et de saletés. Tout le contraire, donc, de mon idéal félin, mais elle était bien trop douce et avait trop besoin d'affection pour être laissée là. Une fois que nous sommes revenus dans le couloir avec cette chatte dans les bras, j'ai regardé à nouveau la *señora* au pelage gris et mon sang n'a fait qu'un tour. Il fallait que je la prenne aussi. Arnau, qui est quelqu'un de beaucoup plus réfléchi que moi, n'a pas eu le temps de réagir. Avant qu'il comprenne ce qui lui arrivait, je la lui avais confiée. Voilà comment, en quelques minutes, ce qui devait être une simple visite s'est transformé en une double adoption.

Bienv

enue chez vous

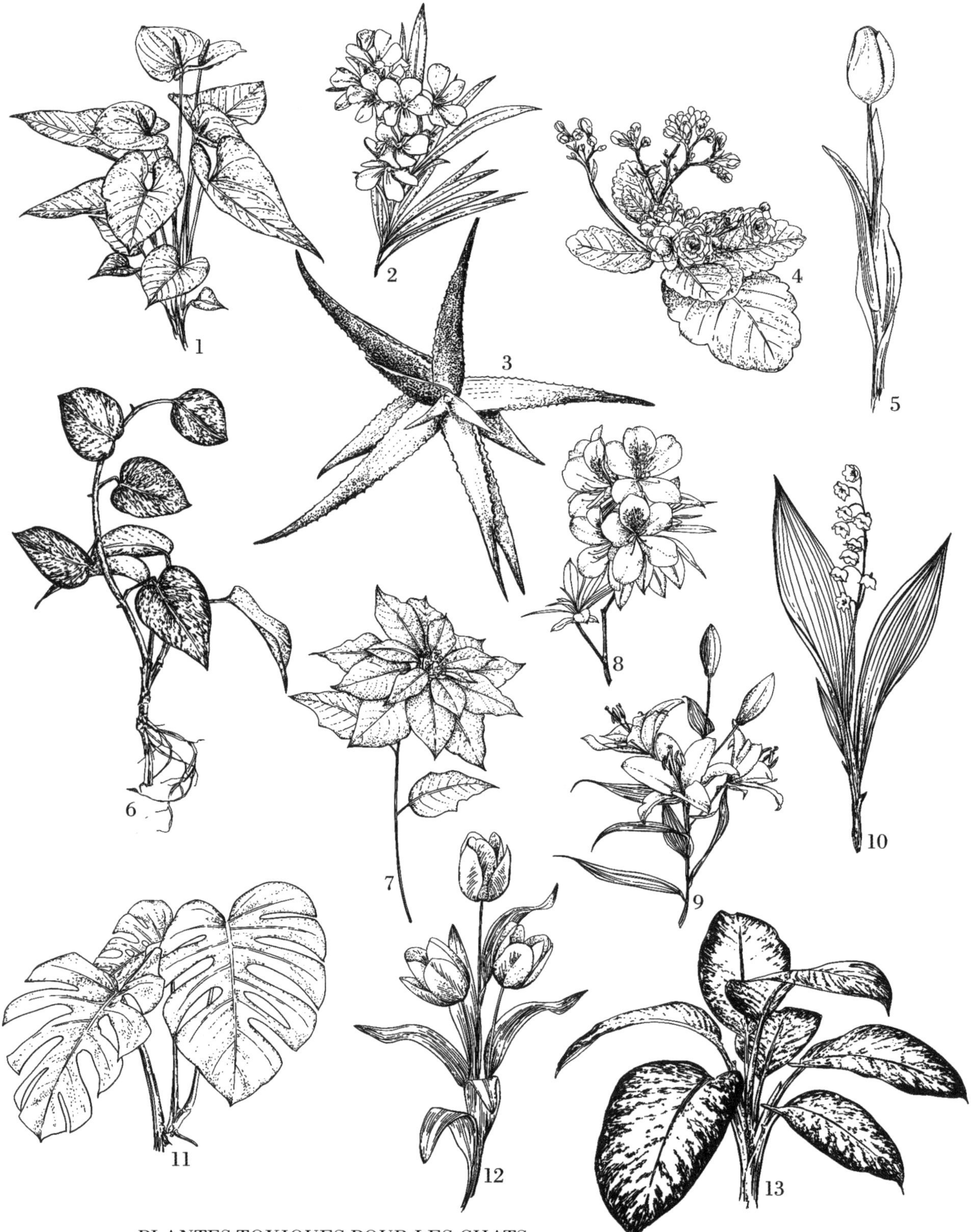

PLANTES TOXIQUES POUR LES CHATS
1. Anthurium. 2. Laurier rose. 3. Aloe vera. 4. Kalanchoe. 5. Tulipe.
6. Pothos doré. 7. Poinsettia. 8. Azalée. 9. Lys. 10. Muguet. 11. Monstera.
12. Narcisse tardif. 13. Dieffenbachia.

PLANTES INOFFENSIVES POUR LES CHATS

1. Fougère de Boston. 2. Violette africaine. 3. Maranta. 4. Calathea. 5. Orpin de Morgane. 6. Echeveria. 7. Romarin. 8. Pourpier des bois. 9. Chlorophytum comosum. 10. Beaucarnea. 11. Bromélia. 12. Orchidée. 13. Chamelaucium.

Il paraît que les animaux supportent mal les changements, et les chats encore plus. Mais quitter une cage pour atterrir dans une maison où l'amour est omniprésent n'a pas été un traumatisme pour les deux chattes. Bien au contraire ! Avec elles, tout a été simple depuis le début, comme dans toute bonne relation.

Nous les avons baptisées Señora et Petrusca. Le nom de Señora m'est apparu clairement dès l'instant où je l'ai vue, c'était celui qui la définissait le mieux : une chatte élégante, silencieuse et douce, délicate jusque dans ses miaulements, mais également peureuse et méfiante. Quant à Petrusca, son nom était un hommage à la grand-mère d'Arnau, qui appelait ainsi tous ses chats. Elle avait eu une Petrusca et un Petrusco, qui à leur tour avaient eu des Petrusquets et Petrusquetas. Notre Petrusca à nous est un spécimen particulier, comme si elle abritait plusieurs animaux en son sein. Son miaulement rappelle le coassement d'une grenouille ; sa posture, lorsqu'elle se lave le ventre, fait penser à celle d'une loutre ; elle court de façon si peu féline qu'on dirait plutôt un ourson ou un chien, sans parler de tous les bruits qu'elle fait en respirant et en dormant. Un vrai chat-orchestre !

MEMORIA MOMENTO

Sa marque sur l'oreille lui vient du programme CSR (capture-stérilisation-retour), qui consiste à stériliser les chats errants pour contrôler leur population (oreille droite pour les femelles, gauche pour les mâles).

Ses yeux orange lui donnent l'air toujours fâché et sa truffe minuscule disparaît dans sa gueule aplatie.

2,6 kilos

Elle est très petite, tout en poils.

Mini-oreilles.

Elle a quatre canines et une seule incisive.

Petrusca fait tout le temps du bruit : quand elle respire, quand elle mange, quand elle vit…

Elle préfère faire ses besoins dans le bidet plutôt que dans la litière.

2021

Señora

Sa marque à elle est très grande. Et elle aime qu'on lui caresse les oreilles !

Il lui manque une canine en bas à droite, nous avons mis un mois à nous en rendre compte.

Elle est très agile et souple. Quand elle saute, on dirait qu'elle vole, en silence et en toute discrétion.

Je n'avais jamais touché un pelage aussi doux et moelleux.

Chez elle, tout est élégant, de son miaulement à son regard. Avec ses beaux yeux bien dessinés, elle donne l'impression d'être maquillée.

On dirait qu'elle porte une écharpe blanche.

3,5 kilos

Ceux qui ont eu l'immense chance de vivre avec des animaux savent que ce sont eux qui nous choisissent. Appelons ça une connexion, une énergie, de l'amour ; peu importe le nom qu'on lui donne, puisque ce sentiment se ressent avant tout.

Nous, les êtres humains, sommes faits de souvenirs ; ces bribes d'enfance, où le temps s'arrête, sont une réelle source de joie pour moi. Dans ma tête, je continuerai d'être cette petite fille qui caressait les animaux dans les rues d'un village de la province de Teruel.

Les géraniums que ma grand-mère faisait pousser sur la terrasse.

Ce livre n'aurait pas existé
sans l'aide de ma sœur,
ma moitié dans la vie.

©Arnau Sidera

Laura Agustí est diplômée des beaux-arts de l'université Miguel-Hernández d'Altea. Elle a également suivi une formation d'architecte d'intérieur au centre d'art et de design de l'école Massana à Barcelone. Après s'être essayée à la peinture, Laura se consacre aujourd'hui à l'illustration. Passionnée depuis toujours par les félins, elle leur a déjà consacré plusieurs livres. *Histoire d'un chat* est le premier à être publié en France.

www.lalauri.com

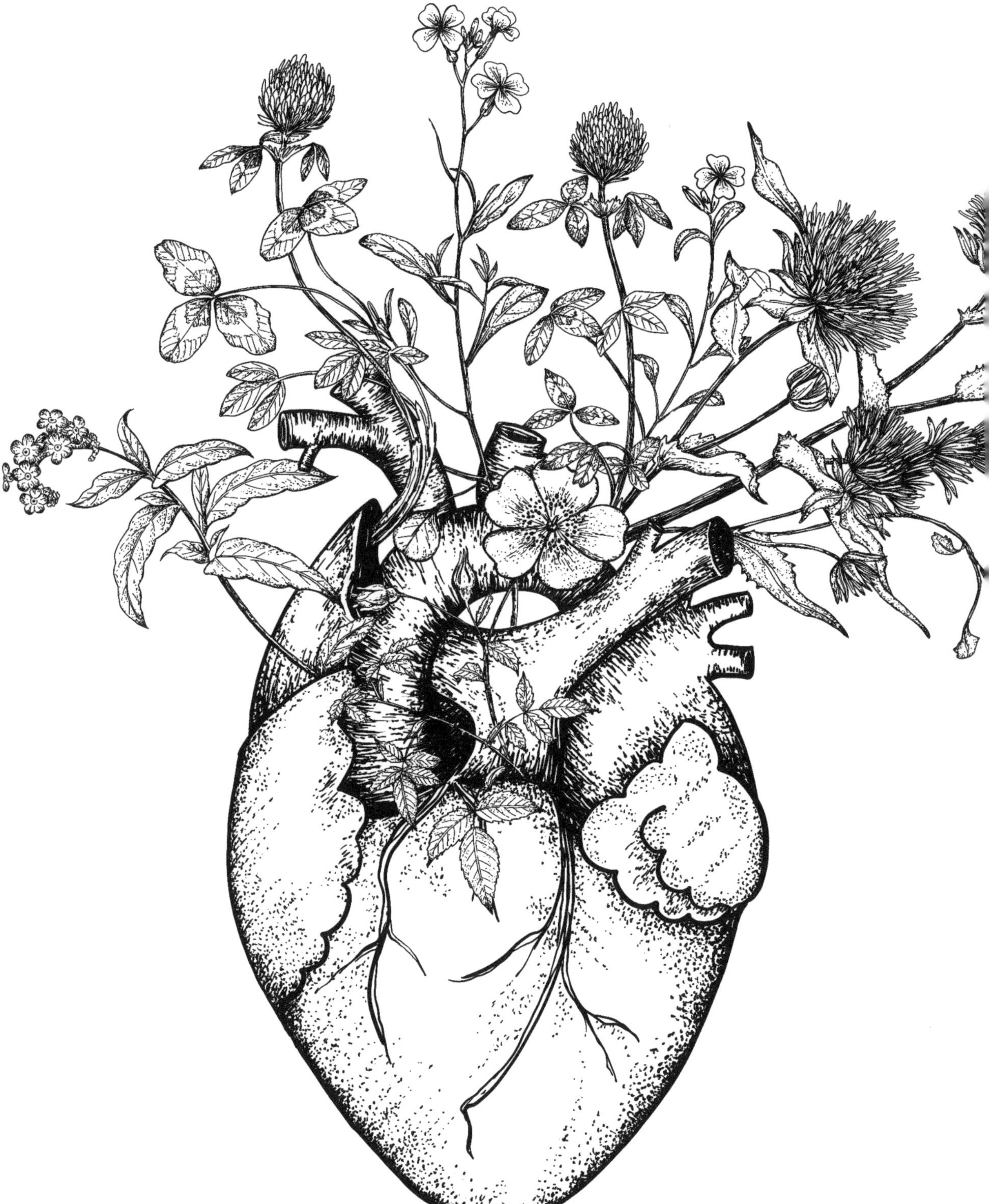

Imprimé par Chirat (France) en novembre 2023,
date à laquelle Oye aurait eu 20 ans.